合格班
日檢文法

考試分數大躍進
累積實力
百萬考生見證
應考秘訣

根據日本國際交流基金考試相關概要

N 5

攻略問題集
& 逐步解說

〔全真模擬試題〕完全對應新制

吉松由美・西村惠子・大山和佳子
山田社日檢題庫小組 ◎ 合著

◉ MP3

JLPT

山田社
Shan Tian She

前言

preface

百分百全面日檢學習對策，讓您震撼考場！
日檢合格班神救援，讓您輕鬆邁向日檢合格之路！

★ 文法闖關遊戲＋文法比較＋模擬試題與解題攻略，就是日檢合格的完美公式！

★ 小試身手！文法闖關大挑戰，學文法原來這麼好玩！

★ 「心智圖特訓」創造分類概念並全面理解，N5文法實力大躍進！

★ N5文法比一比，理清思路，一看到題目就有答案！

★ 拆解句子結構，反覆訓練應考技巧，破解學習文法迷思！

★ 精選全真模擬試題，逐步解說，100%命中考題！

文法辭典、文法整理、模擬試題…，為什麼買了一堆相關書籍，文法還是搞不清楚？
做了大量的模擬試題，對文法概念還是模稜兩可，總是選到錯的答案？

光做題目還不夠，做完題目你真的都懂了嗎？
別再花冤枉錢啦！重質不重量，好書一本就夠，一次滿足你所有需求！
學習文法不要再東一句西一句！有邏輯、有系統，再添加一點趣味性，才是讓你不會想半路放棄，
一秒搞懂文法的關鍵！

合格班提供100%全面的文法學習對策，讓您輕鬆取證，震撼考場！

● 100%權威│突破以往，給你日檢合格的完美公式！

多位日檢專家齊聚，聯手策劃！從「文法闖關挑戰」、「心智圖整理」、「文法比較」三大有趣、
有效的基礎學習，到「實力測驗」、「全真模擬試題」、「精闢解題」，三階段隨考隨解的合格保
證實戰檢測，加上突破以往的版面配置與內容編排方式，精心規劃出一套日檢合格的完美公式！

● 100%挑戰│啟動大腦的興趣開關，學習效果十倍速提升！

別以為「文法」一定枯燥無味！本書每一個章節，都讓你先小試身手，挑戰文法闖關遊戲！接著透
過心智圖概念，將相關文法整理起來，用區塊分類，用顏色加強力度。只要在一開始感到樂趣、提
高文法理解度，就能啟動大腦的興趣開關，讓你更容易投入其中並牢牢記住！保證強化學習效果，
縮短學習時間！讓你在準備考試之餘，還有時間聊天、睡飽、玩手遊！

● 100％充足 ｜ 用「比」的學，解決考場窘境，日檢 N5 文法零弱點！

你是不是覺得每個文法都會了，卻頻頻在考場上演左右為難的戲碼？本書了解初學文法的痛點，貼心將易混淆的 N5 文法項目進行整理歸納，依照不同的使用時機，包括助詞的使用、形容詞的表現、時間、原因、…等，分成 10 個章節。並將每個文法與意思相近、容易混淆的文法進行比較，讓你解題時不再有模糊地帶，不再誤用文法，一看到題目就有答案，一次的學習就有高達十倍的效果。

本書將每個文法都標出接續方式，讓你透視文法結構，鞏固文法概念。再搭配生活中、考題中的常用句，不只幫助您融會貫通，有效應用在日常生活上、考場上，更加深你的記憶，輕鬆掌握每個文法，提升日檢實力！

● 100％擬真 ｜ 考題神準，臨場感最逼真！

每章節最後附上符合新日檢考試題型的實力測驗，道道題目都是章節重點，讓你透過一章節一測驗的方式加強記憶，熟悉考試題型。最後再附上全真模擬試題總整理，以完全符合新制日檢 N5 文法的考試方式，讓你彷彿親臨考場。接著由金牌日籍老師群帶你直擊考點，逐一解說各道題目，不僅有中日文對照解題，更適時加入補充文法，精準破解考題，並加強文法運用能力，帶你穩紮穩打練就基本功，輕輕鬆鬆征服日檢 N5 考試！

目錄

contents

新「日本語能力測驗」概要

JLPT

一、什麼是新日本語能力試驗呢

1. 新制「日語能力測驗」

從2010年起實施的新制「日語能力測驗」（以下簡稱為新制測驗）。

1－1　實施對象與目的

　　新制測驗與舊制測驗相同，原則上，實施對象為非以日語作為母語者。其目的在於，為廣泛階層的學習與使用日語者舉行測驗，以及認證其日語能力。

1－2　改制的重點

改制的重點有以下四項：

1　測驗解決各種問題所需的語言溝通能力

　　新制測驗重視的是結合日語的相關知識，以及實際活用的日語能力。因此，擬針對以下兩項舉行測驗：一是文字、語彙、文法這三項語言知識；二是活用這些語言知識解決各種溝通問題的能力。

2　由四個級數增為五個級數

　　新制測驗由舊制測驗的四個級數（1級、2級、3級、4級），增加為五個級數（N1、N2、N3、N4、N5）。新制測驗與舊制測驗的級數對照，如下所示。最大的不同是在舊制測驗的2級與3級之間，新增了N3級數。

N1	難易度比舊制測驗的1級稍難。合格基準與舊制測驗幾乎相同。
N2	難易度與舊制測驗的2級幾乎相同。
N3	難易度介於舊制測驗的2級與3級之間。（新增）
N4	難易度與舊制測驗的3級幾乎相同。
N5	難易度與舊制測驗的4級幾乎相同。

＊「N」代表「Nihongo（日語）」以及「New（新的）」。

3 施行「得分等化」

　　由於在不同時期實施的測驗，其試題均不相同，無論如何慎重出題，每次測驗的難易度總
會有或多或少的差異。因此在新制測驗中，導入「等化」的計分方式後，便能將不同時期
的測驗分數，於共同量尺上相互比較。因此，無論是在什麼時候接受測驗，只要是相同級
數的測驗，其得分均可予以比較。目前全球幾種主要的語言測驗，均廣泛採用這種「得分
等化」的計分方式。

4 提供「日本語能力試驗Can-do自我評量表」（簡稱JLPT Can-do）

　　為了瞭解通過各級數測驗者的實際日語能力，新制測驗經過調查後，提供「日本語能力試
驗Can-do自我評量表」。該表列載通過測驗認證者的實際日語能力範例。希望通過測驗認
證者本人以及其他人，皆可藉由該表格，更加具體明瞭測驗成績代表的意義。

1－3　所謂「解決各種問題所需的語言溝通能力」

　　　我們在生活中會面對各式各樣的「問題」。例如，「看著地圖前往目的地」或是「讀著
說明書使用電器用品」等等。種種問題有時需要語言的協助，有時候不需要。

　　　為了順利完成需要語言協助的問題，我們必須具備「語言知識」，例如文字、發音、語
彙的相關知識、組合語詞成為文章段落的文法知識、判斷串連文句的順序以便清楚說明的知
識等等。此外，亦必須能配合當前的問題，擁有實際運用自己所具備的語言知識的能力。

　　　舉個例子，我們來想一想關於「聽了氣象預報以後，得知東京明天的天氣」這個課題。
想要「知道東京明天的天氣」，必須具備以下的知識：「晴れ（晴天）、くもり（陰天）、雨
（雨天）」等代表天氣的語彙；「東京は明日は晴れでしょう（東京明日應是晴天）」的文句
結構；還有，也要知道氣象預報的播報順序等。除此以外，尚須能從播報的各地氣象中，分辨
出哪一則是東京的天氣。

　　　如上所述的「運用包含文字、語彙、文法的語言知識做語言溝通，進而具備解決各種問題
所需的語言溝通能力」，在新制測驗中稱為「解決各種問題所需的語言溝通能力」。

　　　新制測驗將「解決各種問題所需的語言溝通能力」分成以下「語言知識」、「讀解」、
「聽解」等三個項目做測驗。

語言知識	各種問題所需之日語的文字、語彙、文法的相關知識。
讀　　解	運用語言知識以理解文字內容，具備解決各種問題所需的能力。
聽　　解	運用語言知識以理解口語內容，具備解決各種問題所需的能力。

　　　作答方式與舊制測驗相同，將多重選項的答案劃記於答案卡上。此外，並沒有直接測驗
口語或書寫能力的科目。

2. 認證基準

　　新制測驗共分為N1、N2、N3、N4、N5五個級數。最容易的級數為N5，最困難的級數為N1。

　　與舊制測驗最大的不同，在於由四個級數增加為五個級數。以往有許多通過3級認證者常抱怨「遲遲無法取得2級認證」。為因應這種情況，於舊制測驗的2級與3級之間，新增了N3級數。

　　新制測驗級數的認證基準，如表1的「讀」與「聽」的語言動作所示。該表雖未明載，但應試者也必須具備為表現各語言動作所需的語言知識。

　　N4與N5主要是測驗應試者在教室習得的基礎日語的理解程度；N1與N2是測驗應試者於現實生活的廣泛情境下，對日語理解程度；至於新增的N3，則是介於N1與N2，以及N4與N5之間的「過渡」級數。關於各級數的「讀」與「聽」的具體題材（內容），請參照表1。

■ 表1　新「日語能力測驗」認證基準

<table>
<tr>
<td rowspan="8">困
難
＊</td>
<td rowspan="2">級
數</td>
<td>認證基準</td>
</tr>
<tr>
<td>各級數的認證基準，如以下【讀】與【聽】的語言動作所示。各級數亦必須具備為表現各語言動作所需的語言知識。</td>
</tr>
<tr>
<td>N1</td>
<td>能理解在廣泛情境下所使用的日語
【讀】・可閱讀話題廣泛的報紙社論與評論等論述性較複雜及較抽象的文章，且能理解其文章結構與內容。
　　　・可閱讀各種話題內容較具深度的讀物，且能理解其脈絡及詳細的表達意涵。
【聽】・在廣泛情境下，可聽懂常速且連貫的對話、新聞報導及講課，且能充分理解話題走向、內容、人物關係、以及說話內容的論述結構等，並確實掌握其大意。</td>
</tr>
<tr>
<td>N2</td>
<td>除日常生活所使用的日語之外，也能大致理解較廣泛情境下的日語
【讀】・可看懂報紙與雜誌所刊載的各類報導、解說、簡易評論等主旨明確的文章。
　　　・可閱讀一般話題的讀物，並能理解其脈絡及表達意涵。
【聽】・除日常生活情境外，在大部分的情境下，可聽懂接近常速且連貫的對話與新聞報導，亦能理解其話題走向、內容、以及人物關係，並可掌握其大意。</td>
</tr>
<tr>
<td>N3</td>
<td>能大致理解日常生活所使用的日語
【讀】・可看懂與日常生活相關的具體內容的文章。
　　　・可由報紙標題等，掌握概要的資訊。
　　　・於日常生活情境下接觸難度稍高的文章，經換個方式敘述，即可理解其大意。
【聽】・在日常生活情境下，面對稍微接近常速且連貫的對話，經彙整談話的具體內容與人物關係等資訊後，即可大致理解。</td>
</tr>
</table>

＊ 容 易 ↓	N4	能理解基礎日語 【讀】・可看懂以基本語彙及漢字描述的貼近日常生活相關話題的文章。 【聽】・可大致聽懂速度較慢的日常會話。
	N5	能大致理解基礎日語 【讀】・可看懂以平假名、片假名或一般日常生活使用的基本漢字所書寫的固定詞 　　　句、短文、以及文章。 【聽】・在課堂上或周遭等日常生活中常接觸的情境下，如為速度較慢的簡短對 　　　話，可從中聽取必要資訊。

＊N1最難，N5最簡單。

3. 測驗科目

新制測驗的測驗科目與測驗時間如表2所示。

■ 表2　測驗科目與測驗時間 ＊①

級 數	測驗科目 （測驗時間）			
N1	語言知識（文字、語彙、文法）、 讀解 （110分）		聽解 （60分）	→
N2	語言知識（文字、語彙、文法）、 讀解 （105分）		聽解 （50分）	→
N3	語言知識 （文字、語彙） （30分）	語言知識 （文法）、讀解 （70分）	聽解 （40分）	→
N4	語言知識 （文字、語彙） （30分）	語言知識 （文法）、讀解 （60分）	聽解 （35分）	→
N5	語言知識 （文字、語彙） （25分）	語言知識 （文法）、讀解 （50分）	聽解 （30分）	→

測驗科目為「語言知識（文字、語彙、文法）、讀解」；以及「聽解」共2科目。

測驗科目為「語言知識（文字、語彙）」；「語言知識（文法）、讀解」；以及「聽解」共3科目。

　　N1與N2的測驗科目為「語言知識（文字、語彙、文法）、讀解」以及「聽解」共2科目；N3、N4、N5的測驗科目為「語言知識（文字、語彙）」、「語言知識（文法）、讀解」、「聽解」共3科目。

　　由於N3、N4、N5的試題中，包含較少的漢字、語彙、以及文法項目，因此當與N1、N2測驗相同的「語言知識（文字、語彙、文法）、讀解」科目時，有時會使某幾道試題成為其他題目的提示。為避免這個情況，因此將「語言知識（文字、語彙、文法）、讀解」，分成「語言知識（文字、語彙）」和「語言知識（文法）、讀解」施測。

＊①：聽解因測驗試題的錄音長度不同，致使測驗時間會有些許差異。

4. 測驗成績

4-1　量尺得分

　　舊制測驗的得分，答對的題數以「原始得分」呈現；相對的，新制測驗的得分以「量尺得分」呈現。

　　「量尺得分」是經過「等化」轉換後所得的分數。以下，本手冊將新制測驗的「量尺得分」，簡稱為「得分」。

4-2　測驗成績的呈現

　　新制測驗的測驗成績，如表3的計分科目所示。N1、N2、N3的計分科目分為「語言知識（文字、語彙、文法）」、「讀解」、以及「聽解」3項；N4、N5的計分科目分為「語言知識（文字、語彙、文法）、讀解」以及「聽解」2項。

　　會將N4、N5的「語言知識（文字、語彙、文法）」和「讀解」合併成一項，是因為在學習日語的基礎階段，「語言知識」與「讀解」方面的重疊性高，所以將「語言知識」與「讀解」合併計分，比較符合學習者於該階段的日語能力特徵。

■ 表3　各級數的計分科目及得分範圍

級數	計分科目	得分範圍
N1	語言知識（文字、語彙、文法）	0～60
	讀解	0～60
	聽解	0～60
	總分	0～180
N2	語言知識（文字、語彙、文法）	0～60
	讀解	0～60
	聽解	0～60
	總分	0～180
N3	語言知識（文字、語彙、文法）	0～60
	讀解	0～60
	聽解	0～60
	總分	0～180
N4	語言知識（文字、語彙、文法）、讀解	0～120
	聽解	0～60
	總分	0～180
N5	語言知識（文字、語彙、文法）、讀解	0～120
	聽解	0～60
	總分	0～180

　　各級數的得分範圍，如表3所示。N1、N2、N3的「語言知識（文字、語彙、文法）」、「讀解」、「聽解」的得分範圍各為0～60分，三項合計的總分範圍是0～180分。「語言知識（文字、語彙、文法）」、「讀解」、「聽解」各占總分的比例是1：1：1。

N4、N5的「語言知識（文字、語彙、文法）、讀解」的得分範圍為0～120分，「聽解」的得分範圍為0～60分，二項合計的總分範圍是0～180分。「語言知識（文字、語彙、文法）、讀解」與「聽解」各占總分的比例是2：1。還有，「語言知識（文字、語彙、文法）、讀解」的得分，不能拆解成「語言知識（文字、語彙、文法）」與「讀解」二項。

　　除此之外，在所有的級數中，「聽解」均占總分的三分之一，較舊制測驗的四分之一為高。

4－3　合格基準

　　舊制測驗是以總分作為合格基準；相對的，新制測驗是以總分與分項成績的門檻二者作為合格基準。所謂的門檻，是指各分項成績至少必須高於該分數。假如有一科分項成績未達門檻，無論總分有多高，都不合格。

　　新制測驗設定各分項成績門檻的目的，在於綜合評定學習者的日語能力，須符合以下二項條件才能判定為合格：①總分達合格分數（＝通過標準）以上；②各分項成績達各分項合格分數（＝通過門檻）以上。如有一科分項成績未達門檻，無論總分多高，也會判定為不合格。

　　N1～N3及N4、N5之分項成績有所不同，各級總分通過標準及各分項成績通過門檻如下所示：

級數	總分		分項成績					
			言語知識 （文字・語彙・文法）		讀解		聽解	
	得分範圍	通過標準	得分範圍	通過門檻	得分範圍	通過門檻	得分範圍	通過門檻
N1	0～180分	100分	0～60分	19分	0～60分	19分	0～60分	19分
N2	0～180分	90分	0～60分	19分	0～60分	19分	0～60分	19分
N3	0～180分	95分	0～60分	19分	0～60分	19分	0～60分	19分

級數	總分		分項成績			
			言語知識 （文字・語彙・文法）・讀解		聽解	
	得分範圍	通過標準	得分範圍	通過門檻	得分範圍	通過門檻
N4	0～180分	90分	0～120分	38分	0～60分	19分
N5	0～180分	80分	0～120分	38分	0～60分	19分

※上列通過標準自2010年第1回(7月)【N4、N5為2010年第2回(12月)】起適用。

　　缺考其中任一測驗科目者，即判定為不合格。寄發「合否結果通知書」時，含已應考之測驗科目在內，成績均不計分亦不告知。

4－4 測驗結果通知

依級數判定是否合格後，寄發「合否結果通知書」予應試者；合格者同時寄發「日本語能力認定書」。

■ N1, N2, N3

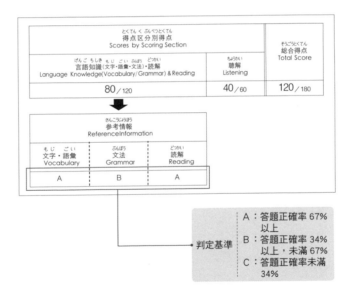

■ N4, N5

※ 各節測驗如有一節缺考就不予計分，即判定為不合格。雖會寄發「合否結果通知書」但所有分項成績，含已出席科目在內，均不予計分。各欄成績以「＊」表示，如「＊＊／60」。

※ 所有科目皆缺席者，不寄發「合否結果通知書」。

N5 題型分析

測驗科目 （測驗時間）			試題內容		
			題型	小題 題數 ＊	分析
語言知識 （25分）	文字、語彙	1	漢字讀音 ◇	12	測驗漢字語彙的讀音。
		2	假名漢字寫法 ◇	8	測驗平假名語彙的漢字及片假名的寫法。
		3	選擇文脈語彙 ◇	10	測驗根據文脈選擇適切語彙。
		4	替換類義詞 ○	5	測驗根據試題的語彙或說法，選擇類義詞或類義說法。
語言知識、讀解 （50分）	文法	1	文句的文法1 （文法形式判斷）○	16	測驗辨別哪種文法形式符合文句內容。
		2	文句的文法2 （文句組構）◆	5	測驗是否能夠組織文法正確且文義通順的句子。
		3	文章段落的文法 ◆	5	測驗辨別該文句有無符合文脈。
	讀解＊	4	理解內容 （短文）○	3	於讀完包含學習、生活、工作相關話題或情境等，約80字左右的撰寫平易的文章段落之後，測驗是否能夠理解其內容。
		5	理解內容 （中文）○	2	於讀完包含以日常話題或情境為題材等，約250字左右的撰寫平易的文章段落之後，測驗是否能夠理解其內容。
		6	釐整資訊 ◆	1	測驗是否能夠從介紹或通知等，約250字左右的撰寫資訊題材中，找出所需的訊息。
聽解 （30分）		1	理解問題 ◇	7	於聽取完整的會話段落之後，測驗是否能夠理解其內容（於聽完解決問題所需的具體訊息之後，測驗是否能夠理解應當採取的下一個適切步驟）。
		2	理解重點 ◇	6	於聽取完整的會話段落之後，測驗是否能夠理解其內容（依據剛才已聽過的提示，測驗是否能夠抓住應當聽取的重點）。
		3	適切話語 ◆	5	測驗一面看圖示，一面聽取情境說明時，是否能夠選擇適切的話語。
		4	即時應答 ◆	6	測驗於聽完簡短的詢問之後，是否能夠選擇適切的應答。

＊「小題題數」為每次測驗的約略題數，與實際測驗時的題數可能未盡相同。此外，亦有可能會變更小題題數。

＊有時在「讀解」科目中，同一段文章可能會有數道小題。

＊符號標示：「◆」舊制測驗沒有出現過的嶄新題型；「◇」沿襲舊制測驗的題型，但是更動部分形式；「○」與舊制測驗一樣的題型。

資料來源：《日本語能力試驗JLPT官方網站：分項成績・合格判定・合否結果通知》。2016年1月11日，
　　　取自：http://www.jlpt.jp/tw/guideline/results.html

助詞的使用（一）

1 文法闖關大挑戰

文法知多少？請完成以下題目，從選項中，選出正確答案，並完成句子。
《答案詳見右下角。》

1 兄はバイク（　　）好きです。
1. が
2. を

哥哥喜歡機車。
1. が：✕　2. を：✕

2 変な人（　　）、さっきからずっと私の方を見ています。
1. が　2. は

有個可疑的人從剛剛開始就一直往我這裡看。
1. が：✕　2. は：✕

3 部屋（　　）弟がいます。
1. に
2. で

弟弟在房間裡。
1. に：✕　2. で：在…

4 来週（　　）再来週、お金を返すつもりです。
1. か　2. も

預計下週或下下週還你錢。
1. か：或者　2. も：也、都

5 山本さんは、今トイレ（　　）入っています。
1. を　2. に

山本先生現在正在上廁所。
1. を：✕　2. に：✕

6 いつ家（　　）着きますか。
1. に
2. を

什麼時候到家呢？
1. に：✕　2. を：✕

7 休みの日は図書館や公園など（　　）行きます。
1. で　2. へ

假日會去圖書館或公園等等。
1. で：在…　2. へ：往…、去…

8 コップ（　　）水を入れます。
1. で
2. に

給杯子倒入水。
1. で：用…；乘坐…　2. に：在…、給…

答案：(1) 1　(2) 1　(3) 1　(4) 1　(5) 2　(6) 1　(7) 2　(8) 2

が／か
□ が（表對象）比較〔目的語〕＋を
□ が（表主語）比較 は
□ か〜か〜（選擇）比較 も
□〔句子〕＋か、〔句子〕＋か 比較 とか〜とか

に
□〔場所〕＋に 比較〔場所〕＋で
□〔到達點〕＋に 比較〔離開點〕＋を
□〔對象（人）〕＋に 比較〔起點（人）〕から
□〔時間〕＋に＋〔次數〕 比較〔數量〕＋で＋〔數量〕

で
□〔場所〕＋で 比較〔通過・移動〕＋を＋自動詞
□〔方法・手段〕＋で 比較〔對象（物・場所）〕＋に
□〔材料〕＋で 比較〔目的〕＋に
□〔狀態・情況〕＋で 比較 が（表主語）

へ
□〔場所・方向〕へ（に）比較〔場所〕＋で
□〔場所〕へ／（に）〔目的〕に 比較 ため（に）

◢心智圖

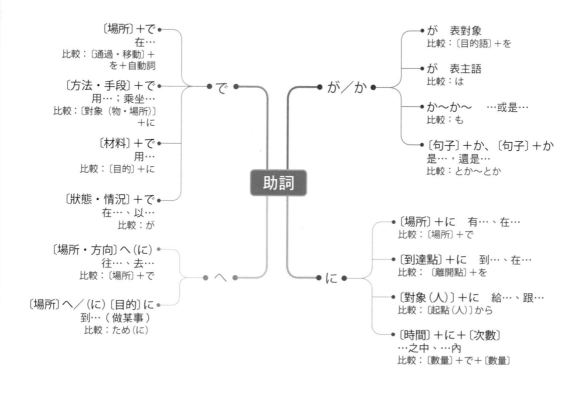

1

が（表對象）　表對象　　比較　　〔目的語〕＋を　表目的語

【名詞】＋が。表示感情、希望及能力辦得到的對象。

例 アニメが好きです。

我喜歡看動畫。

【名詞】＋を。「を」接在他動詞的前面，表示動作的目的或對象。

例 私はチョコレートを食べます。

我吃巧克力。

2

が（表主語）　表主語　　比較　　は　表主題

【名詞】＋が。「が」前接動作實行的人，表示動作的主語；或表示眼前看到耳朵聽得到的現象的主語。

例 私が行きます。

我去。

【名詞】＋は。「は」接在名詞的後面，可以表示這個名詞就是主題。

例 山田さんは本を読みます。

山田小姐看書。

3

か〜か〜（選擇）　…或是…　　比較　　も　…也…、都…

【名詞】＋か＋【名詞】＋か 。表示從不確定的兩個事物中，選出一樣來。

例 イエスかノーか、まだ返事をもらっていません。

是要或是不要，你還沒回覆我。

例 田中さんか誰かに聞いてください。

麻煩去問田中先生或別人。

【名詞】＋も。可用於再累加上同一類型的事物。

例 姉も兄もいません。

沒有姊姊也沒有哥哥。

4

〔句子〕＋か、〔句子〕＋か
是…，還是…

比較

とか～とか
…啦…啦、…或…、及…

【句子】＋か、【句子】＋か。表示讓聽話人從不確定的兩個事物中，選出一樣來。

例 これは「B」ですか、「１３」ですか。

這是「B」呢？還是「13」呢？

【名詞】＋とか＋【名詞】＋とか。表示從各種同類的人事物中選出幾個例子來說。

例 渋谷で、マフラーとかくつとか買いました。

在澀谷買了圍巾啦，鞋子啦。

5

〔場所〕＋に　有…、在…

比較

〔場所〕＋で　在…

【名詞】＋に。「に」前接名詞，表示人事物存在的場所。

例 加藤さんは公園にいます。

加藤先生在公園裡。

【名詞】＋で。「で」前接場所，表示動作發生、進行的場所。

例 カフェでコーヒーを飲みます。

在咖啡館喝咖啡。

6

〔到達點〕＋に　到…、在…

比較

〔離開點〕＋を　表離開點

【名詞】＋に。表示動作移動的到達點、目的地。

例 太郎は家に帰ります。

太郎回家。

【名詞】＋を。「を」可以表示動作離開的場所。

例 ３時に家を出ます。

3點時離開家裡。

7

〔對象（人）〕＋に　給…、跟…

比較

〔起點（人）〕から　從…、由…

【名詞】＋に。表示動作、作用的對象，也就是動作的接受者。

例 友達に電話をかけます。

打電話給朋友。

【名詞】＋から。表示從某對象借東西、從某對象聽來的消息，或從某對象得到東西等。

例 私は彼からバラの花をもらいました。

我從他那邊得到了玫瑰花。

8

〔時間〕＋に＋〔次數〕 …之中、…內	比較	〔數量〕＋で＋〔數量〕 共…

【時間詞】＋に＋【數量詞】。表示某一範圍內的數量或次數。

例 1週間に1回ぐらいゴルフをします。

一星期大約打一次高爾夫球。

【數量詞】＋で＋【數量詞】。「で」的前後可接數量、金額、時間單位等，表示總額的統計。

例 このシャツは3枚で4,000円です。

這種襯衫3件4000日圓。

9

〔場所〕＋で　在…	比較	〔通過・移動〕＋を＋自動詞 表通過、移動

【名詞】＋で。「で」前接場所，表示動作發生、進行的場所。

例 プールで泳ぎます。

在游泳池游泳。

【名詞】＋を＋【自動詞】。表示經過或移動的場所，這時候「を」後面常接表示通過場所的自動詞。

例 真由美は道を通ります。

真由美經過道路。

10

〔方法・手段〕＋で 用…；乘坐…	比較	〔對象（物・場所）〕＋に …到、對…、在…、給…

【名詞】＋で。表示動作的方法、手段；或表示使用的交通工具。

例 英語で日記を書きます。

用英語寫日記。

例 船で沖縄に行きます。

坐船去沖繩。

【名詞】＋に。表示施加動作的對象或地點。

例 壁に絵をはります。

在牆壁上貼畫。

11

〔材料〕＋で　用…	比較	〔目的〕＋に　去…、到…

【名詞】＋で。「で」前接名詞，表示接製作東西所使用的材料。

例 ガラスで靴を作ります。

用玻璃做鞋。

【動詞ます形】＋に。表示動作的目的。

例 ガラスの靴を買いに行きます。

去買玻璃鞋。

12

〔狀態・情況〕＋で 在…、以…   比較

【名詞】＋で。表示在某種狀態、情況下做後項的事情。

例 裸で温泉に入ります。

裸體泡溫泉。

例 彼女は一人で暮らしています。

她一個人生活。

が（表主語） 表主語

【名詞】＋が。前接動作實行的人，表示動作的主語；或表示眼前看到耳朵聽得到的現象的主語。

例 天気がいいです。

天氣很好。

13

〔場所・方向〕へ（に） 往…、去…   比較

【名詞】＋へ（に）。「へ」前面接跟場所有關的名詞，表示移動的方向，也指動作的目的地。

例 私は郵便局へ行きます。

我去郵局。

〔場所〕＋で 在…

【名詞】＋で。「で」前接場所，表示動作發生、進行的場所。

例 子どもたちが公園で遊びます。

孩子們在公園玩耍。

14

〔場所〕へ／（に）〔目的〕に 到…（做某事）   比較

【名詞】＋へ（に）＋【動詞ます形】＋に。表示移動的場所用助詞「へ」（に），表示移動的目的用助詞「に」。

例 渋谷へお酒を飲みに行きました。

到澀谷去喝酒。

例 彼女と日本へ旅行に行きます。

跟女朋友去日本旅行。

ため（に） 以…為目的，做…、為了…

【動詞辭書形】＋ため（に）。表示為了某個目的，而有後面積極努力的動作、行為。也就是說，前項是後項的目標。

例 日本に留学するために、働いています。

我正在為去日本留學而工作。

4 新日檢實力測驗

もんだい1

1 もんの まえ（　　　）かわいい 犬を 見ました。

1　は　　　　　2　が　　　　　3　へ　　　　　4　で

2 あついので ぼうし（　　　）かぶりました。

1　に　　　　　2　で　　　　　3　を　　　　　4　が

3 えきの まえの みちを 東（　　　）あるいて ください。

1　を　　　　　2　が　　　　　3　か　　　　　4　へ

4 A「きのう、わたし（　　　）あなたに 言った ことを おぼ
　　えて いますか。」

　　B「はい。よく おぼえて います。」

1　は　　　　　2　に　　　　　3　が　　　　　4　へ

5 行く（　　　）行かないか、まだ わかりません。

1　と　　　　　2　か　　　　　3　や　　　　　4　の

もんだい2

6 （本屋で）

店員「どんな 本を さがして いるのですか。」

客「かんたん＿＿＿ ＿＿＿ ★ ＿＿＿ さがして いま
す。」

1　えいごの　　　2　な　　　　　3　本　　　　　4　を

7 A「らいしゅう ＿＿＿ ＿＿＿ ★ ＿＿＿か。」

　　B「はい、行きたいです。」

1　ません　　　　2　に　　　　　3　パーティー　4　行き

8 A「お兄さんは おげんきですか。」

　　B「はい、とても＿＿＿ ＿＿＿ ★ ＿＿＿ 行って います。」

1　げんき　　　　2　大学　　　　3　で　　　　　4　に

もんだい1

1

Answer ④

もんの　まえ（　　　）　かわいい　犬を　見ました。

1　は　　　　　　　2　が　　　　　　　3　へ　　　　　　　4　で

（在）門的前面看到了一隻可愛的狗。

動作（見ました）をする場所（門の前）は「で」で表す。例：

・喫茶店でコーヒーを飲みます。

・部屋の中で遊びましょう。

※存在の場所や目的地を表す「に」と間違えないようにしよう。例：

・喫茶店に友達がいます。（存在の場所）

・喫茶店に行きましょう。（目的地）

■文法まとめ～「で」

動作の場所。例：

・部屋で音楽を聞きます。

方法・手段。例：

・（道具）はさみで紙を切ります。

・（方法）インターネットでことばを調べます。

・（交通手段）電車で学校へ行きます。

・家から学校まで、電車で30分かかります。

・（言語）日本語で手紙を書きます。

材料。例：

・卵と牛乳でプリンを作ります。

状況・状態。例：

・着物で写真を撮ります。

・家族で旅行に行きます。

原因・理由。例：

・風邪で学校を休みました。

・雪で電車が止まりました。

動作（見ました／看到了）發生的場所（門の前／門前）用「で」表示。例：

・在咖啡廳喝咖啡。

・在房間裡玩耍。

※請小心不要跟表示存在的場所或目的地的「に」搞混了！例：

・朋友在咖啡廳（存在的場所）。

・去咖啡廳（目的地）。

■文法總整理～「で」

動作發生的場所。例：

・在房間聽音樂。

方法、手段。例：

・（道具）用剪刀剪紙。

・（方法）用網路查詢詞彙。

・（使用的交通工具）搭電車去學校。

・從家裡到學校，搭電車要花30分鐘。

・（語言）用日文寫信。

材料。例：

・用雞蛋跟牛奶製作布丁。

狀況、狀態。例：

・穿和服拍照。

・和家人一起去旅行。

原因、理由。例：

・因為感冒，所以向學校請假了。

・因為下雪，所以電車停駛了。

2

あついので ぼうし（　　）かぶりました。

1 に　　　　　2 で　　　　　3 を　　　　　4 が

| 天氣很熱，所以戴上了帽子。

動作の対象（ぼうし）は「を」で表す。
例：
　・音楽を聞きます。
　・何を飲みますか。
※ 動詞を覚えよう。
　　服、シャツ→（〜を）きます
　　ズボン、くつ→（〜を）はきます
　　ぼうし→（〜を）かぶります
　　めがね→（〜を）かけます

表示動作作用的對象（帽子），用「を」。例：
　・聽音樂。
　・要喝點什麼嗎？
※ 記住這些動詞吧！
　・穿→衣服、襯衫。
　・穿→褲子、鞋子。
　・戴→帽子。
　・戴→眼鏡。

3

えきの まえの みちを 東（　　）あるいて ください。

1 を　　　　　2 が　　　　　3 か　　　　　4 へ

| 請沿著車站前面那條路（往）東邊走。

方向は「へ」で表す。例：
　・次の角を右へ曲がってください。
　・男は駅の方へ走って行きました。

方向用「へ」表示。例：
　・請在下一個轉角向右轉。
　・男人朝車站的方向跑去。

4

A「きのう、わたし（　　）あなたに 言った ことを おぼえて いますか。」
B「はい。よく おぼえて います。」

1 は　　　　　2 に　　　　　3 が　　　　　4 へ

| A「昨天我對你說過的事還記得嗎？」
| B「是的，我記得很清楚。」

名詞を説明（修飾）する文。基本の文は、
下のaとbの文。

說明或修飾名詞的句子。基本句為以下 a 和 b 兩
個句子。

a「きのう、わたしはあなたに（○○と）
　言いました。」
b「（あなたは）a を覚えていますか。」
ab の文を合わせると
→c（あなたは）｛きのう、わたしがあなたに言ったこと｝を覚えていますか。
となる。このとき、
・わたしは→わたしが
・言いました→言った
と変化することに気をつけよう。例：
・A 母はケーキを作りました。
　B これはケーキです。
　→C これは｛母が作った｝ケーキです。
※名詞を説明する言い方。例：
　「どんなケーキ？」
　・わたしのケーキ
　・おいしいケーキ
　・りんごのケーキ
　・わたしが（の）好きなケーキ
　・母が作ったケーキ
　・店で買ったケーキ

a「昨天我告訴過你（○○）了。」
b「（你）不記得 a 了嗎？」
整合 ab 兩句就會變成→c（你）記得｛昨天我告訴過你的話｝嗎？
這時候，
　・わたしは→わたしが
　・言いました→言った
請注意這幾點變化。例：
　・A 媽媽做了蛋糕。
　　B 這是蛋糕。
　→C 這是｛媽媽做的｝蛋糕。
※說明名詞的方法。例：
　「是什麼樣的蛋糕呢？」
　・我的蛋糕
　・好吃的蛋糕
　・蘋果口味的蛋糕
　・我喜歡的蛋糕
　・媽媽做的蛋糕
　・在店裡買的蛋糕

5　　　　　　　　　　　　　　　　　　　　　Answer ❷

行く（　　　）行かないか、まだ わかりません。
1 と　　　　　2 か　　　　　3 や　　　　　4 の
| 到底（要）去還是不去，現在還不知道。

「（わたしは）行きますか、（それとも）行きませんか、まだわかりません」という意味。疑問文が文の中にあるとき、「か」の前は普通形になる。「行くか行かないか」は「行くかどうか」と同じ。例：
　・鈴木さんが英語ができるかできないか、知っていますか。
　・この映画がおもしろかったかどうか、教えてください。

本題的意思是，「（我）會去呢，（或者）不會去呢，還沒有決定」。當疑問句位於文章中間時，「か」的前面應為普通形。「會去或不會去」和「行くかどうか／會去與否」意思相同。例：
　・你知道鈴木先生懂英文呢，還是不懂英文呢？
　・請告訴我這部電影有趣與否。

もんだい2

6

（本屋（ほんや）で）店員（てんいん）「どんな　本（ほん）を　さがして　いるのですか。」
客（きゃく）「かんたん＿＿＿＿　＿＿＿＿　★　＿＿＿＿　さがして　います。」
1　えいごの　　　　　2　な　　　　　　3　本（ほん）　　　　　4　を

（在書店裡）
店員「請問您在找哪本書嗎？」
顧客「我在找淺顯易懂的英文書。」

正（ただ）しい語順（ごじゅん）：簡単（かんたん）な英語（えいご）の本（ほん）をさがして
います。

「かんたん」の後（あと）には、「だ」や「な」、
「に」などがつきます。ここには「な」が
ありますね。「かんたんな」という形（かたち）は、
名詞（めいし）につきますので、「かんたんなえい
ごの本（ほん）」となります。「を」は、「何（なに）を」
という目的（もくてき）を表（あらわ）す助詞（じょし）ですので、「さが
して」の前（まえ）になります。そうすると、「2
→1→3→4」の順（じゅん）になり、＿＿★＿＿には
3の「本（ほん）」が入（はい）ります。

正確語順：我在找淺顯易懂的英文書。

「かんたん／淺顯易懂」的後面應接「だ」、
「な」、「に」等詞，而選項中有「な」。「か
んたんな」這個形式後面應接名詞，所以是「か
んたんなえいごの本／淺顯易懂的英文書」。
「を」則是在「何を」中表示目的的助詞，應放
在「さがして／找」之前。所以正確的順序是「2
→1→3→4」，而＿＿★＿＿的部分應填入選項3
「本／書」。

7

A「らいしゅう　＿＿＿＿　＿＿＿＿　★　＿＿＿＿か。」
B「はい、行（い）きたいです。」
1　ません　　　　　2　に　　　　　　3　パーティー　　　4　行（い）き

A「下星期要不要去參加派對呢？」
B「好，我想去。」

正（ただ）しい語順（ごじゅん）：らいしゅうパーティーに行（い）
きませんか。

どこかに行（い）こうと誘（さそ）うときは、「〜に行（い）
きませんか。」または、「〜に行（い）きましょ
う。」と言（い）います。この問題（もんだい）では、最後（さいご）に
「か」がありますので、「行（い）きませんか。」

正確語順：下星期要不要去參加派對呢？

當要邀請別人去某地時，可用「〜に行きません
か／要不要去〜呢」或是「〜に行きましょう／
一起去〜吧」。本題的句尾是「か／呢」，所以
應該是「行きませんか。」至於前面應該依序填

となります。その前に「〜に」に当たる「パーティーに」を入れるといいですね。「3→2→4→1」の順になり、問題の★には4の「行き」が入ります。

入「パーティー／派對」和「〜に」。所以正確的順序是「3→2→4→1」，而__★__的部分應填入選項4「行き／去」。

8

A「お兄さんは　おげんきですか。」
B「はい、とても＿＿＿＿＿＿＿　＿★＿　＿＿＿＿　行って　います。」
1　げんき　　　　　　2　大学　　　　　3　で　　　　　　4　に

A「你哥哥好嗎？」
B「是的，他相當精神弈弈地上大學。」

正しい語順：はい、とても元気で大学に行っています。

「とても」は、形容詞や形容動詞の前につけて、「たいへん」という意味を表しますので、「とても」の後には「げんきで」が入ります。「行っています」の前には、「〜に」という、場所を表す言葉が入りますので、「大学に」が入ります。そう考えていくと「1→3→2→4」の順で、__★__には2の「大学」が入ります。

正確語順：是的，他相當精神弈弈地上大學。

「とても／相當」需放在形容詞或形容動詞前面，意思是「たいへん／非常」，所以「とても」後面應該接上「げんきで／精神弈弈」。至於「行っています／上、去」前面應該用「〜に」來表示地點，要填入「大学に」。所以正確的順序是「1→3→2→4」，而__★__的部分應填入選項2「大学」。

1 文法闖關大挑戰

文法知多少？請完成以下題目，從選項中，選出正確答案，並完成句子。
《答案詳見右下角。》

2 学校（　　）家へ帰ります。
1. を
2. から

從學校回家。
1. を：X　2. から：從…

4 ここは私（　　）働いている会社です。
1. の　2. は

這裡是我上班的公司。
1. の：的　2. は：X

6 あれはフジ（　　）花です。
1. と
2. という

那是一種叫做「紫藤」的花。
1. と：跟　2. という：叫做…

8 今日は水曜日じゃありませんよ、木曜日です（　　）。
1. よ　2. か

今天不是星期三喔，是星期四喔！
1. よ：喔　2. か：嗎

1 手紙（　　）小包を送りました。
（指寄了信和包裹這兩件時）
1. と　2. や

寄了信和包裹。
1. と：和　2. や：和

3 このスマホは8億円（　　）します。
1. ずつ　2. も

這台智慧型手機竟要價8億日圓。
1. ずつ：每、各　2. も：竟、也

5 高橋さんとは会いましたが、山下さん（　　）会っていません。
1. とは　2. とも

跟高橋小姐碰了面，但沒有跟山下小姐碰面。
1. とは：跟　2. とも：也跟

7 花子（　　）が来ました。
1. しか
2. だけ

只有花子來。
1. しか：（後接否定）只、僅僅
2. だけ：只、僅僅

答案：(1) 1 (2) 2 (3) 2 (4) 1
(5) 1 (6) 2 (7) 2 (8) 1

と
- □〔引用內容〕と 比較 という〔名詞〕
- □名詞＋と＋名詞 比較 や（並列）
- □〔對象〕と 比較〔對象（人）〕＋に

を
- □〔通過・移動〕＋を＋自動詞 比較〔到達點〕＋に
- □〔離開點〕＋を 比較 から（表示起點）

（句子）＋ね／よ
- □〔句子〕＋ね 比較〔句子〕＋よ
- □〔句子〕＋よ 比較〔句子〕＋か

其他
- □しか＋否定 比較 だけ
- □ずつ 比較 も（數量）
- □名詞＋の（名詞修飾主語）比較 は
- □には、へは、とは 比較 にも、からも、でも
- □から～まで 比較 や～など
- □も 比較 か（選擇）

■心智圖

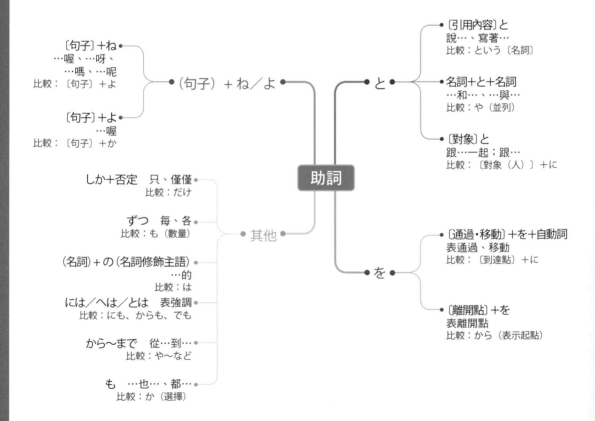

1

〔引用內容〕と　說…、寫著…　　比較　　という〔名詞〕　叫做…

【句子】＋と。「と」接在某人說的話，或寫的事物後面，表示說了什麼、寫了什麼。

例 友達は「コンサートはどうだった。」と私に聞きました。

朋友問了我「演唱會怎麼樣？」

【名詞】＋という＋【名詞】。用來提示事物、人或場所的名字。

例 「鯛」という字は「たい」と読みます。

「鯛」這個字要念「tai」。

2

名詞＋と＋名詞　…和…、…與…　　比較　　や（並列）　…和…

【名詞】＋と＋【名詞】。表示幾個事物的名詞的並列。將想要敘述的主要東西，全部列舉出來。

例 CDと本を買います。

買 CD 和書。

【名詞】＋や＋【名詞】。表示在幾個事物中，列舉出兩、三個來做為代表，其他的事物就被省略掉，沒有全部說完。

例 パーティーには楊さんや山田さんが来ました。

派對裡來了楊小姐跟山田先生等。

3

〔對象〕と　跟…一起；跟…　　比較　　〔對象（人）〕＋に　給…、跟…

【名詞】＋と。「と」前接人的時候，表示一起去做某動作的對象，或是互相進行某動作的對象。

例 山田さんと旅行に行きます。

要和山田小姐去旅行。

例 彼と恋をしました。

和他戀愛了。

【名詞】＋に。「に」的前面接人，表示動作、作用的對象，也就是動作的接受者。

例 私は妹に英語を教えます。

我教妹妹英語。

4

〔通過・移動〕＋を＋自動詞
表通過、移動

比較

〔到達點〕＋に
到…、在…

【名詞】＋を＋【自動詞】。「を」可以表示經過或移動的場所，這時候「を」後面常接表示通過場所的自動詞。

例 鳥が空を飛びます。

鳥飛過天空。

【名詞】＋に。「に」前面接場所，表示動作移動的到達點、目的地。

例 飛行機が空港に着きます。

飛機到達機場。

5

〔離開點〕＋を　表離開點

比較

から（表示起點）　從…

【名詞】＋を。「を」可以表示動作離開的場所。例如，從家裡出來或從各種交通工具下來。

例 教室を出ます。

走出教室。

【名詞】＋から。「から」表示起點。可以表示移動的出發點，也可以表示開始的時間。

例 私は台湾から来ました。

我從台灣來。

例 9時から授業を始めます。

9點開始上課。

6

〔句子〕＋ね　…吧、…呢

比較

〔句子〕＋よ　…喔

【句子】＋ね。終助詞「ね」放在句子最後面，是種跟對方做確認的語氣，表示徵求對方的同意。

例 これは梅の花ですね。

這是梅花吧。

【句子】＋よ。終助詞「よ」放在句子最後面，用在促使對方注意，或使對方接受自己的意見時。基本上使用在說話人認為對方不知道的事物。

例 これは梅の花ですよ。

這是梅花喔！

7

〔句子〕＋よ　…喔

比較

〔句子〕＋か　嗎、呢

【句子】＋よ。終助詞「よ」放在句子最後面，用在促使對方注意，或使對方接受自己的意見時。基本上使用在說話人認為對方不知道的事物。

例 その映画は面白いですよ。

那部電影很有趣喔！

【句子】＋か。終助詞「か」表示懷疑或不確定。用在問別人自己想知道的事。

例 これは梅の花ですか。

這是梅花嗎？

8

| しか＋否定　只、僅僅 | 比較 | だけ　只、僅僅 |

表示限定。常帶有因不足而感到可惜、後悔或困擾的心情。

例 お金は 1,000 円しかありません。
　かね　せん　えん

錢只有 1000 日圓。

【名詞】＋だけ。表示只限於某範圍，除此以外沒有別的了。

例 この本だけ読みました。
　　ほん　　よ

只有讀了這本書。

9

| ずつ　毎、各 | 比較 | も（數量）　竟、也 |

接在數量詞後面，表示平均分配的數量。

例 バナナを一人１本ずつもらいます。
　　　ひとり　いっぽん

一個人各拿 1 條香蕉。

【數量詞】＋も。「も」前面接數量詞，表示數量比一般想像的還多，有強調多的作用。

例 私は毎日 12 時間も働きます。
　わたし　まいにち　じゅうに　じ　かん　はたら

我每天工作 12 小時之久。

10

| 名詞＋の（名詞修飾主語）　…的 | 比較 | は　表主題 |

在「私（わたし）が　作（つく）った歌（うた）」（我作的歌）這種修飾名詞（「歌」）句節裡，可以用「の」代替「が」，成為「私の　作った　歌」（我作的歌）。那是因為這種修飾名詞的句節中的「の」，跟「私の　歌」（我的歌）中的「の」有著類似的性質。

例 これは田中さんの買った車です。
　　　　たなか　　　　か　　くるま

這是田中先生買的車。

「は」接在名詞的後面，可以表示這個名詞就是主題。

例 私はドラマが好きです。
　わたし　　　　す

我喜歡看電視劇。

11

には、へは、とは　表強調　比較　にも、からも、でも　表強調

【名詞】＋には、へは、とは。格助詞「に、へ、と」後接「は」，有特別提出格助詞前面的名詞的作用。

例 私のうちにはテレビがありません。

我家沒有電視。

例 北京へは行きました。上海へは行きませんでした。

去了北京，但是沒有去上海。

例 僕は君とは考えが違います。

我有跟你不同的想法。

【名詞】＋にも、からも、でも。格助詞「に、から、で」後接「も」，表示除了格助詞前面的名詞以外，還有其他的人事物。

例 机の下にも本があります。

桌子底下也有書。

例 あの国は冬でも暖かいです。

那個國家即使冬天也很暖和。

例 カナダからも留学生が来ました。

從加拿大也有留學生來。

12

から～まで　從…到…　比較　や～など　…和…等

【名詞】＋から＋【名詞】＋まで。「から」表示範圍的起點。「まで」表示範圍的終點。兩個一起用，表示距離或時間的範圍。

例 桜の花が、公園から学校まで咲いています。

櫻花從公園到學校一路綻放著。

例 アニメは10時から12時までです。

卡通片從 10 點播到 12 點。

【名詞】＋や＋【名詞】＋など。「など」通常和並列助詞「や」一起使用。當列舉出幾個項目，但是沒有全部說完，可以用「など」來強調這些沒有全部說完的部分。

例 私は野菜や果物などを買いました。

我買了蔬菜跟水果等等。

13

も　…也…、都…　比較　か（選擇）　或者…

【名詞】＋も。可用於再累加上同一類型的事物。

例 かばんには財布もかぎもあります。

包包裡有錢包也有鑰匙。

例 駅は公園に近いです。それから、海にも近いです。

車站離公園很近，還有，離海也很近。

【名詞】＋か＋【名詞】。表示在幾個當中，任選其中一個。

例 牛肉か魚が食べたいです。

想吃牛肉或魚。

4 新日檢實力測驗

もんだい1

1 A「あなたは あした だれ（　　　）会うのですか。」
　　B「小学校の ときの 友だちです。」

　　1 は　　　　　　　2 が　　　　　　　3 へ　　　　　　4 と

2 わたし（　　　）兄が 二人 います。

　　1 まで　　　　　　2 では　　　　　　3 から　　　　　4 には

3 学生が 大学の まえの 道（　　　）あるいて います。

　　1 や　　　　　　　2 を　　　　　　　3 が　　　　　　4 に

4 としょかんは、土曜日から 月曜日（　　　）おやすみです。

　　1 も　　　　　　　2 まで　　　　　　3 に　　　　　　4 で

5 この にくは 高いので、少し（　　　）買いません。

　　1 は　　　　　　　2 の　　　　　　　3 しか　　　　　4 より

もんだい2

6 A「いえには どんな ペットが いますか。」
　　B「　____　★____　____　____よ。」

　　1 犬　　　　　　　2 ねこが　　　　　3 と　　　　　　4 います

7 A「　____　★____　____　____公園は ありますか。」
　　B「はい、とても ひろい 公園が あります。」

　　1 家の　　　　　　2 の　　　　　　　3 あなた　　　　4 近くに

8 A「これは、____　★____　____　____ですか。」
　　B「クジャクです。」

　　1 鳥　　　　　　　2 いう　　　　　　3 と　　　　　　4 なん

もんだい1

A「あなたは　あした　だれ（　　　）　会うのですか。」
B「小学校の　ときの　友だちです。」

1　は　　　　　　　2　が　　　　　　　3　へ　　　　　　　4　と

A「你明天要（和）誰見面呢？」
B「小學時代的朋友。」

動作の相手や、動作をいっしょにする人は「と」で表す。例：
・父と電話で話します。
・母と映画を見ました。

做動作的對象，或一起做動作的人，用「と」表示。
例：
・和父親通電話。
・和母親看電影。

わたし（　　　）　兄が　二人　います。

1　まで　　　　　　　2　では　　　　　　　3　から　　　　　　　4　には

我（有）兩個哥哥。

名詞を強調する文。例：
・今夜、9時には帰ります。
・母には2年以上会っていません。
・（シャワーはいいですが、）お風呂には入らないでください。
■文法まとめ〜名詞を強調するとき〜
名詞を強調するとき、助詞は以下のように変化する。
が、を→は。例：
・わたしはドイツ語ができません。
→わたしはドイツ語はできません。（英語はできます）
・わたしはテレビを見ました。
→わたしはテレビは見ました。（新聞は読みませんでした）

強調名詞的句子。例：
・今晚會在9點回家。
・和母親有兩年沒見面了。
・（要淋浴可以，但）請不要泡澡。
■文法總整理〜強調名詞的時候〜
強調名詞的時候，助詞會有以下幾種變化：
が、を→は。例：
・我不會德文。
→德文我不會。（英文的話我會）
・我看了電視。
→我看了電視。（沒有看報紙）

へ、に、で→へは、には、では。例：

- 駅へバスで行きます。
- →駅へはバスで行きます。（公園へは歩いて行きます。）
- 駅前にはいい店がたくさんあります。
- ここでは写真を撮らないでください。

へ、に、で→へは、には、では。例：

- 搭巴士去車站。
- →車站是搭公車去的。（公園則是走路去的）
- 車站前有很多不錯的店。
- 請不要在這裡拍照。

3

Answer ❷

学生が　大学の　まえの　道（　　　）　あるいて　います。
1　や　　　　　　　2　を　　　　　　　3　が　　　　　　　4　に

學生正在大學前面的路上行走。

「（場所）を歩きます。」歩く場所（経路）を表すとき、助詞は「を」を使う。
問題文は、「学生が、大学の前の道（＝場所）（　）歩いています」なので、（　）には「を」が入る。
「学生が大学の前の道（　）います。」なら、存在の場所を表す「に」が入る。
経路を表す「を」の例：

- 道を歩きます。（歩く場所は道）
- 公園を散歩します。（散歩する場所は公園）
- 橋を渡ります。（渡るものは橋）
- あの角を右へ曲がります。（曲がるところはあの角）

※「（場所）に」や「（場所）で」と間違えないようにしよう。例：

- 道に犬がいます。（存在の場所）
- 公園でテニスをします。（動作の場所）

「（場所）を歩きます。／在（場所）行走」中，表示行走的場所（範圍跟路徑）的助詞用「を」。
題目中「学生が、大学の前の道（　）歩いています」，而「大学の前の道」＝場所（範圍跟路徑），所以用「を」。
若是問題是「学生が大学の前の道（　）います。」，則要用表示存在場所的「に」。
「を」表示路徑的例子：

- 在街道行走。（行走的場所是街道）
- 在公園散步。（散步的場所是公園）
- 過橋。（過的是橋）
- 在那個轉角處右轉。（轉彎的地方是那個轉角）

※請注意正確使用「（場所）に」和「（場所）で」。
例：

- 路上有狗。（表示存在的場所）
- 在公園打網球。（表示動作的場所）

としょかんは、土曜日（どようび）から　月曜日（げつようび）（　　　）　おやすみです。

1　も　　　　　　　2　まで　　　　　　3　に　　　　　　4　で

図書館從星期六（到）星期一休館。

「から〜まで」時間（じかん）や場所（ばしょ）の範囲（はんい）を表（あらわ）す。「から」は起点（きてん）、「まで」は終点（しゅうてん）。例（れい）：

・銀行（ぎんこう）は9時（じ）から3時（じ）までです。

・家（いえ）から公園（こうえん）まで、毎日走（まいにちはし）っています。

表示時間或場所的範圍用「から〜まで／從〜到〜」。「から／從〜」表示起點，「まで／到〜」表示終點。例：

・銀行從9點營業到3點。

・每天都從家裡跑到公園。

この　にくは　高（たか）いので、少（すこ）し（　　　）　買（か）いません。

1　は　　　　　　　2　の　　　　　　　3　しか　　　　　　4　より

這種肉很貴，所以（只）買一點點。

「しか〜ない」で、「それ以外（いがい）はない」という限定（げんてい）の意味（いみ）を表（あらわ）す。例（れい）：

・私（わたし）は中国語（ちゅうごくご）しか分（わ）かりません。

・今（いま）500円（えん）しかありません。

・昨日少（きのうすこ）ししか寝（ね）ませんでした。

「しか〜ない／只有〜而已」是表示「それ以外はない／除此以外就沒有、只有」的限定用法。例：

・我只會中文。

・現在只有500圓。

・昨天只睡了一下子。

もんだい2

A「いえには　どんな　ペットが　いますか。」

B「＿＿＿＿　　★　　＿＿＿＿　＿＿＿＿よ。」

1　犬（いぬ）　　　　　　2　ねこが　　　　　3　と　　　　　　4　います

A「你家裡養了哪些寵物呢？」

B「有狗和貓喔。」

正（ただ）しい語順（ごじゅん）：犬（いぬ）とねこがいますよ。

「どんなペットがいますか。」と聞（き）いているので、まず、「よ」の前（まえ）には「います」が入（はい）り、「いますよ」となります。二（ふた）つ

正確語順：有狗和貓喔。

由於詢問的是「どんなペットがいますか。／養了哪些寵物呢？」，因此首先「います」應放在「よ」的前面，變成「いますよ」。當要敘述兩

のものを並べるときは、「と～が」と言いますので、「犬とねこが」となります。ですから「1→3→2→4」の順で、問題の＿★＿には3の「と」が入ります。

種東西的並列時，要用「と～が」，也就是「犬とねこが／狗和貓」。所以正確的順序是「1→3→2→4」，而＿★＿的部分應填入選項3「と」。

7　

A「＿＿＿＿　＿★＿　＿＿＿＿＿　公園は　ありますか。」
B「はい、とても　ひろい　公園が　あります。」
1　家の　　　　　　2　の　　　　　　3　あなた　　　　　4　近くに

A「你家附近有公園嗎？」
B「有，有一座非常大的公園。」

正しい語順：あなたの家の近くに公園はありますか。

「近くに」の「に」は、公園のある場所を表しますので、「公園は」の前に入ります。どこの近くかというと、「あなたの家の」近くです。こう考えていくと、「3→2→1→4」の順で、問題の＿★＿には、2の「の」が入ります。

正確語順：你家附近有公園嗎？

「近くに／附近」的「に」是表示公園的所在位置，所以應填在「公園は／公園」之前。至於是哪裡的附近，就在「あなたの家の／你家」附近。如此一來，正確的順序是「3→2→1→4」，而＿★＿的部分應填入選項2「の」

8　

A「これは、＿＿＿＿　＿★＿　＿＿＿＿　＿＿＿＿ですか。」
B「クジャクです。」
1　鳥　　　　　　　2　いう　　　　　3　と　　　　　　　4　なん

A「這叫作什麼鳥呢？」
B「這叫孔雀。」

正しい語順：これはなんという鳥ですか。

鳥の名前を聞いています。最後の「ですか」の前には「鳥」が入り、「鳥ですか」となります。その前には「なんという」が入ります。花の名前を聞くときは「なんという花ですか」、料理の名前を聞く

正確語順：這叫作什麼鳥呢？

題目是詢問鳥的名稱。句尾的「ですか」之前應填入「鳥」，變成「鳥ですか／鳥呢」。而在「鳥ですか」之前應填入「なんという／叫做什麼」。當詢問花的名稱時，問的是「なんという花ですか／這叫做什麼花呢」，而詢問料理的名稱時，

ときは「なんという料理ですか」といいます。こう考えると、「4→3→2→1」の順で問題の___★___には3の「と」が入ります。

問的是「なんという料理ですか／這叫做什麼料理呢」。所以正確的順序是「4→3→2→1」，而___★___的部分應填入選項3「と」。

☑ 語法知識加油站！

▶ 關於と…

1.「〔引用內容〕と」用在引用一段話或句子；「という」用在提示出某個名稱。

2.「と」會舉出所有事物；「や」暗示除了舉出的兩、三個，還有其他的。

▶ 關於を…

1.「を」表示動作所經過的場所，不會停留在那個場所，後面常接「渡ります／わたります」（越過）、「曲がります／まがります」（轉彎）、「歩きます／あるきます」（走路）、「走ります／はしります」（跑步）、「飛びます／とびます」（飛）等自動詞；「に」表示動作移動的到達點，所以會停留在那裡一段時間，後面常接「着きます／つきます」（到達）、「入ります／はいります」（進入）、「乗ります／のります」（搭乘）等動詞。

2.「を」表示離開某個具體的場所、交通工具，後面常接「出ます／でます」（出去；出來）、「降ります／おります」（下＜交通工具＞）等動詞；「から」則表示起點，強調從某個場所或時間點開始做某個動作。

▶ 關於終助詞…

1. 終助詞「ね」主要是表示徵求對方的同意，也可以表示感動，而且使用在認為對方也知道的事物；終助詞「よ」則表示將自己的意見或心情傳達給對方，使用在認為對方不知道的事物，或用在促使對方注意，或使對方接受自己的意見時；終助詞「か」用在問別人自己想知道的事。

▶ 其他還有這些…

1.「しか」後面一定要接否定形，「だけ」後面接肯定、否定都可以，而且不一定有像「しか＋否定」含有不滿、遺憾的心情。

2.「ずつ」表示數量是平均分配的；「も」是強調數量比一般想像的還多。

3.「～から～まで」表示距離、時間的起點與終點，是「從…到…」的意思；「～や～など」則是列舉出部分的項目，是「…和…等」的意思。

疑問詞的使用

1 文法闖關大挑戰

文法知多少？請完成以下題目，從選項中，選出正確答案，並完成句子。
《答案詳見右下角。》 ➡

1 明日は（　）曜日ですか。
1. 何
2. 何か

明天是星期幾呢？
1. 何：什麼　2. 何か：什麼、某個東西

2 嵐の中で（　）が一番歌がうまいですか。
1. 誰　2. 誰か

「嵐」的成員中，誰最會唱歌？
1. 誰：誰　2. 誰か：誰、某人

3 （　）から日本語を勉強していますか。
1. いつ　2. いつか

從什麼時候開始學日語呢？
1. いつ：什麼時候　2. いつか：不知什麼時候；改天、總有一天

4 あの人は（　）から来ましたか。
1. どこ　2. どこか

那個人是從哪裡來的呢？
1. どこ：哪裡
2. どこか：什麼地方、某個地方

5 あそこで（　）光っています。
1. 何か
2. 何が

那裡有某個東西在發光。
1. 何か：什麼、某個東西　2. 何が：什麼

6 この絵は（　）描きましたか。
1. 誰か
2. 誰が

這畫是誰畫的？
1. 誰か：誰、某人　2. 誰が：誰

7 野球の練習は（　）いいですか。
1. いつか　2. いつが

棒球練習什麼時候好呢？
1. いつか：不知什麼時候；改天、總有一天
2. いつが：什麼時候

8 日本で（　）一番にぎやかですか。
1. どこか　2. どこが

日本哪裡最熱鬧？
1. どこか：某個地方
2. どこが：什麼地方、某個地方

答案：(1) 1　(2) 1　(3) 1　(4) 1
(5) 1　(6) 2　(7) 2　(8) 2

2 疑問詞總整理

問人事時地

□ なに、なん　比較　なに＋か
□ だれ、どなた　比較　だれ＋か
□ いつ　比較　いつ＋か
□ どこ　比較　どこ＋か

疑問詞＋か

□ なに＋か　比較　なに＋が（疑問詞主語）
□ だれ＋か　比較　だれ＋が（疑問詞主語）
□ いつ＋か　比較　いつ＋が（疑問詞主語）
□ どこ＋か　比較　どこ＋が（疑問詞主語）

問數量價錢

□ いくつ（個數、年齢）　比較　いくら
□ いくら　比較　どのぐらい、どれぐらい

問想法狀態跟原因

□ どう、いかが　比較　どんな
□ どうして　比較　なぜ、なんで

▶心智圖

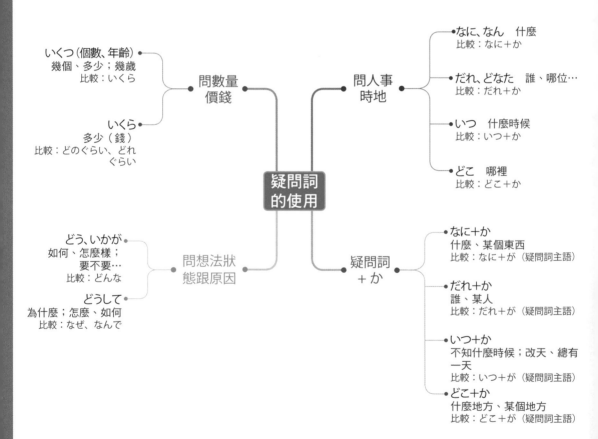

1

| **なに、なん** 什麼 | 比較 | **なに＋か** 什麼、某個東西 |

なに、なん＋【助詞】。「何（なに）／（なん）」代替名稱或情況不瞭解的事物，或用在詢問數字時，相當於英文的「what」。

例 明日、何をしますか。

　　明天要做什麼呢？

例 それは何ですか。

　　那是什麼呢？

例 今、何時ですか。

　　現在幾點呢？

なにか＋【不確定事物】。「か」的前面接疑問詞，表示不明確、不肯定，沒有辦法具體說清楚，或沒必要說明的事物。「なにか」表示不確定的某樣東西，或沒特別指定的隨便一樣東西。

例 おなかがすきましたね。何か食べましょう。

　　肚子餓了吧！吃點東西吧。

2

| **だれ、どなた** 誰、哪位… | 比較 | **だれ＋か** 誰、某人 |

だれ、どなた＋【助詞】。「だれ」是詢問不知道名字的人，或不知道是哪個人，相當於英文的「who」。「どなた」和「だれ」一樣用在詢問人物，但是比「だれ」說法還要客氣。

例 あの人は誰ですか。

　　那個人是誰呢？

例 あなたはどなたですか。

　　您是哪位呢？

だれか＋【不確定事物】。「か」的前面接疑問詞，表示不明確、不肯定，沒有辦法具體說清楚，或沒必要說明的事物。「だれか」表示不確定是誰，或沒特別指定的隨便一個人。

例 部屋に誰かいますか。

　　房間裡有人嗎？

3

| **いつ** 什麼時候 | 比較 | **いつ＋か** 不知什麼時候；改天、總有一天 |

いつ＋【疑問的表達方式】。「いつ」用來問不確定的時間點，相當於英文的「when」。

例 いつ仕事が終わりますか。

　　工作什麼時候結束呢？

いつ＋か。「か」的前面接疑問詞，表示不明確、不肯定，沒有辦法具體說清楚，或沒必要說明的事物。「いつか」表示不確定的時間點，或未來某個時候。

例 またいつか会いましょう。

　　哪天再見面吧！（後會有期。）

4

どこ　哪裡

比較

どこ＋か　什麼地方、某個地方

這是指示地點的說法。表示說話者不確定的場所，一般出現在疑問句中，相當於英文的「where」。

例 コンサートをする場所はどこですか。

舉辦音樂會的場地在哪裡呢？

どこか＋【不確定事物】。「か」的前面接疑問詞，表示不明確、不肯定，沒有辦法具體說清楚，或沒必要說明的事物。「どこか」表示不確定在哪裡，或沒特別指出確切位置的場所。

例 今度の日曜日、どこかへ行きましょう。

下次星期天到什麼地方去吧！

5

なに＋か　什麼、某個東西

比較

なに＋が（疑問詞主語）　什麼

なにか＋【不確定事物】。「か」的前面接疑問詞，表示不明確、不肯定，沒有辦法具體說清楚，或沒必要說明的事物。「なにか」表示不確定的某樣東西，或沒特別指定的隨便一樣東西。

例 何かおやつを食べますか。

你要不要吃什麼點心？

なに＋が。當問句使用「なに」這個疑問詞作為主語時，主語後面會接「が」。

例 冷蔵庫に何がありますか。

冰箱裡面有什麼呢？

6

だれ＋か　誰、某人

比較

だれ＋が（疑問詞主語）　誰

だれか＋【不確定事物】。「か」的前面接疑問詞，表示不明確、不肯定，沒有辦法具體說清楚，或沒必要說明的事物。「だれか」表示不確定是誰，或沒特別指定的隨便一個人。

例 誰か助けてください。

誰來救救我啊！

だれ＋が。當問句使用「だれ」這個疑問詞作為主語時，主語後面會接「が」。

例 歌手の中で誰がいちばんハンサムですか。

歌手中誰最英俊？

7

いつ＋か 不知什麼時候；改天、總有一天	比較	いつ＋が（疑問詞主語） 什麼時候

いつか＋【不確定事物】。「か」的前面接疑問詞，表示不明確、不肯定，沒有辦法具體說清楚，或沒必要說明的事物。「いつか」表示不確定的時間點，或未來某個時候。

例 いつか日本へ旅行に行きたいです。

期待有一天能去日本旅行。

いつ＋が。當問句使用「いつ」這個疑問詞作為主語時，主語後面會接「が」。

例 来週、いつが空いていますか。

下禮拜什麼時候有空呢？

8

どこ＋か　什麼地方、某個地方	比較	どこ＋が（疑問詞主語）　什麼地方

どこか＋【不確定事物】。「か」的前面接疑問詞，表示不明確、不肯定，沒有辦法具體說清楚，或沒必要說明的事物。「どこか」表示不確定在哪裡，或沒特別指出確切位置的場所。

例 夏休みにどこかへ行きたいです。

暑假想去個什麼地方。

どこ＋が。當問句使用「どこ」這個疑問詞作為主語時，主語後面會接「が」。

例 これとそれは、どこが違うんですか。

這個跟那個，哪裡不一樣呢？

9

いくつ（個數、年齡） 幾個、多少；幾歲	比較	いくら 多少（錢）

【名詞（＋助詞）】＋いくつ。表示不確定的個數或詢問年齡。

例 ボールはいくつありますか。

有幾顆球呢？

例 山田さんのお子さんはおいくつですか。

山田先生的小孩幾歲呢？

【名詞（＋助詞）】＋いくら。表示不明確的價格、工資、數量、時間、距離等。

例 本は3冊でいくらですか。

書3本多少錢？

10

| いくら　多少（錢） | 比較 | どのぐらい、どれぐらい　多（久）… |

【名詞（＋助詞）】＋いくら。表示不明確的數量，但通常用在問價錢。

例 このシャツは１枚いくらですか。

這件襯衫一件多少錢？

どのぐらい、どれぐらい＋【詢問的內容】。用在問時間、金錢、距離、喜好等的程度。

例 太郎は身長がどれぐらいありますか。

太郎身高有多高？

11

| どう、いかが 如何、怎麼樣；要不要… | 比較 | どんな 什麼樣的 |

【名詞】＋はどう（いかが）ですか。「どう」詢問對方的想法或狀況，還有不知道情況是如何或該怎麼做等，相當於英文的「how」。另外，「いかが」跟「どう」也可以用在勸誘對方做某事。

例 テストはどうでしたか。

考試考得怎麼樣呢？

例 お茶はいかがですか。

要不要來杯茶呢？

どんな＋【名詞】。「どんな」後面通常接名詞，用在詢問人的特質，或事物的種類、內容。

例 あなたの部屋はどんな部屋ですか。

你的房間是什麼樣的房間？

12

| どうして　為什麼；怎麼、如何 | 比較 | なぜ、なんで　為什麼 |

どうして＋【詢問的內容】。表示疑問、不清楚的疑問詞，相當於英文的「why」。也有「怎麼」、「如何」的意思。

例 どうしてご飯を食べないのですか。

為什麼不吃飯呢？

なぜ、なんで＋【詢問的內容】。「なぜ」跟「なんで」一樣，都是表示疑問、不清楚的疑問詞。但「なぜ」通常用在書面，「なんで」是較草率的口語說法。

例 なぜ日本語を勉強しているのですか。

為什麼要學習日語呢？

例 なんであの人が嫌いなんですか。

為什麼會討厭那個人呢？

4 新日檢實力測驗

もんだい1

1 A「魚が　たくさん　およいで　いますね。」
B「そうですね。50ぴき（　　　）いるでしょう。」
　1　ぐらい　　　　2　までは　　　3　やく　　　4　などは

2 A「へやには　だれか　いましたか。」
B「いいえ、（　　　）いませんでした。」
　1　だれが　　　　2　だれに　　　3　だれも　　　4　どれも

3 A「あなたは、その　人の（　　　）ところが　すきですか。」
B「とても　つよい　ところです。」
　1　どこの　　　　2　どんな　　　3　どれが　　　4　どこな

4 A「（　　　）飲み物は　ありませんか。」
B「コーヒーが　ありますよ。」
　1　何か　　　　2　何でも　　　3　何が　　　4　どれか

5 つくえの　上には（　　　）ありません。
　1　何でも　　　　2　だれも　　　3　何が　　　4　何も

6 A「どうして　もう　すこし　はやく（　　　）。」
B「あしが　いたいんです。」
　1　あるきます　　　　　　　　2　あるきたいのですか
　3　あるかないのですか　　　　4　あるくと

7 A「その　シャツは（　　　）でしたか。」
B「2千円です。」
　1　どう　　　　2　いくら　　　3　何　　　4　どこ

もんだい2

8 A「きのうは　なんじ＿＿＿　＿＿＿　★　＿＿＿か。」
B「9じはんです。」
　1　家　　　　2　出ました　　　3　を　　　4　に

もんだい1

1

Answer ❶

A「魚が　たくさん　およいで　いますね。」
B「そうですね。50 ぴき（　　　）いるでしょう。」
1　ぐらい　　　　　　2　までは　　　　　　3　やく　　　　　　4　などは
A「有好多魚在游喔。」
B「是呀。（大概）有五十條魚左右吧。」

50 ぴきぐらい＝だいたい 50 ぴき。例：
・この映画は 10 回ぐらい見ました。
・A：東京からパリまでどのくらいかか
　りますか。
　B：13 時間くらいかかります。

50 條左右的魚＝大概 50 條魚。例：
・這部電影大概看了 10 次左右。
・A：從東京到巴黎大概要花多少時間呢？
　B：大約要花 13 小時。

2

Answer ❸

A「へやには　だれか　いましたか。」
B「いいえ、（　　　）いませんでした。」
1　だれが　　　　　　2　だれに　　　　　　3　だれも　　　　　　4　どれも
A「剛才房間裡有誰在嗎？」
B「沒有，（誰也）不在。」

「疑問詞（だれ・なに・どこ）も〜ない」。
否定形とともに、全然ないことを表す。
例：
・週末はどこも行きません。
・A：何を買いましたか。
　B：わたしはくつを買いました。
　C：わたしはなにも買いませんでした。
※「だれがいますか」と「だれかいますか」
　の違いに気をつけよう。
「（疑問詞）が〜」。例：
・A：部屋にだれがいますか。
　B：田中さんがいます。／だれもいま
　せん。

「疑問詞（だれ、なに、どこ）も〜ない／（誰、什麼、哪裡）也〜沒有」後接否定形，表示全面否定。例：
・週末哪裡都不去。
・A：買了什麼呢？
　B：我買了鞋子。
　C：我什麼都沒有買
※ 請留意「だれがいますか／有誰在嗎」與「だれかいますか／有人在嗎」的差異。
「（疑問詞）が〜」。例：
・A：是誰在房間裡面？
　B：是田中先生在裡面。／沒有人在裡面。

「（疑問詞）か～」。例：

・A：部屋にだれかいますか。

　B：はい、（田中さんが）います。／い

　　いえ、だれもいません。

「（疑問詞）か～」。例：

・A：有人在房間裡嗎？

　B：有，有人（田中先生）在裡面。／沒有，

　　沒有人在裡面。

3

Answer ❷

A「あなたは、その　人の　（　　　）　ところが　すきですか。」
B「とても　つよい　ところです。」

1　どこの	2　どんな	3　どれが	4　どこな

A「你喜歡那個人的（什麼）地方呢？」
B「他非常堅強。」

「どんな（名詞）か」は、（名詞）の説明
や情報を求める表現。例：

　・A：あなたのお母さんはどんな人です

　　か。

　　B：やさしくて、元気な人です。

　・A：どんな夏休みでしたか。

　　B：楽しい夏休みでした。

《他の選択肢》1は、その人のどこがす
きですか、なら○。

「どんな（名詞）か」是用於詢問有關（名詞）
的說明與訊息。例：

　・A：您的母親是一位什麼樣的人呢？

　　B：既溫柔又很有活力的人。

　・A：暑假過得怎麼樣呢？

　　B：暑假過得很開心。

《其他選項》選項1若是改成「その人のどこがす
きですか／喜歡那個人的什麼地方」則正確。

4

Answer ❶

A「（　　　）飲み物は　ありませんか。」
B「コーヒーが　ありますよ。」

1　何か	2　何でも	3　何が	4　どれか

A「有沒有（什麼）飲料呢？」
B「有咖啡喔！」

「何か」は不特定の物を表す。問題文では、
「水かお茶かコーヒーかわからない（水で
もお茶でもコーヒーでもいい）が、飲み
物」という意味。Bの答えは「はい、（コー
ヒーが）ありますよ。」の「はい」が省
略されている。例：

「何か」用來表示不特定的某物。問題的意思是，
「水かお茶かコーヒーかわからない（水でもお
茶でもコーヒーでもいい）が、飲み物／不確定
要開水、茶，還是咖啡（也就是開水、茶或咖啡
都可以），總之想喝飲料」。而B的回答「はい、
（コーヒーが）ありますよ。／沒問題，有（咖啡）
喔！」中省略了「はい／沒問題」。例：

・A：ちょっと疲れましたね。何か飲みませんか。

B：ええ、飲みましょう。

《他の選択肢》

2 わからないことは、何でも聞いてください。（AもBもCも全部）

3 A：何が飲みたいですか。

B：コーヒーが飲みたいです。

・A：有點累了耶。要不要喝點什麼呢？

B：好呀，喝點東西吧。

《其他選項》

選項2「有不懂的地方，儘管問我。」（包括A、B、C全部都可以）

選項3 A：想喝點什麼嗎？

B：我想喝咖啡。

5

Answer ❹

つくえの　上には　（　　　）　ありません。
1 何でも　　　　　2 だれも　　　　　3 何が　　　　　4 何も

桌上（什麼東西都）沒有。

「なに、だれ、どこ…も～ない」。否定形とともに、全然ないことを表す。例：

・冷蔵庫の中に何もありません。

・今日は何も食べていません。

・ここには何も書かないでください。

《他の選択肢》

1「何でも」は、肯定形とともに、全部ある、どれもいい、ということを表す。

2 述語は「ありません」なので、主語は人（だれ）ではなく物（なに）。人は「いません」。

3「何が」は「ですか」「ますか」という疑問形につく。

「（なに、だれ、どこ…）も～ない／（什麼東西、誰、哪裡…）都～沒有」的否定形句型，表示全部都沒有。例：

・冰箱裡什麼都沒有。

・今天什麼東西都沒吃。

・請不要在這裡寫任何標記。

《其他選項》

選項1「何でも／什麼都」的肯定形句型，表示全部都有，每一項都可以。

選項2 由於述語是「ありません／沒有」，因此主語不是人（だれ／誰）而是物（なに／什麼東西）。主語是人時，述語應是「いません／不在」。

選項3 疑問句「何が／哪裡」則以「ですか」、「ますか」結尾。

6

A「どうして　もう　すこし　はやく　（　　　）。」
B「あしが　いたいんです。」

1　あるきます　　　　　　　　　　　2　あるきたいのですか

3　あるかないのですか　　　　　　　4　あるくと

媽媽「為什麼（不走）快一點呢？」
孩子「人家腳痛嘛！」

「どうして」は理由をきく疑問詞。疑問形になるのは文末に「か」がある２か３。「～んです」は事情や原因、理由を説明するときの言い方。Ｂが「足が痛いからです」と答えていることから考えて、答えは３。
例：
　・Ａ：明日、映画に行きませんか。
　　Ｂ：すみません。明日は仕事なんです。
※事情や原因、理由を相手にきくときにも「～んですか」という形で使う。例：
　・Ａ：どうして昨日休んだんですか。
　　Ｂ：熱があったんです。
選択肢３の「～のですか」は「～んですか」と同じ。

「どうして／為什麼」是詢問理由時的疑問詞。由於是疑問句，結尾應結束在「か」，答案剩下選項２跟選項３。「～んです」是說明原因、理由的用法。由於Ｂ回答「因為腳痛」，所以正確答案應是選項３。例：
　・Ａ：明天要不要去看電影呢？
　　Ｂ：對不起，明天要工作。
※詢問對方原因、理由時也用「～んですか」。例：
　・Ａ：為什麼昨天請假了呢？
　　Ｂ：因為發燒了。
選項３的「～のですか」和「～んですか」是都是表原因、理由的用法。

7

A「その　シャツは　（　　　）でしたか。」
B「２千円です。」

1　どう　　　　　　2　いくら　　　　3　何　　　　　4　どこ

A「那件襯衫是花了（多少錢）買的呢？」
B「兩千圓。」

「２千円です」と答えているので、値段をきくときの「いくら」を選ぶ。

由於回答是「２千円です／兩千圓」，所以問句應該選用於詢問價錢的「いくら／多少錢」。

もんだい2

8 Answer **3**

A「きのうは　なんじ＿＿＿＿＿　＿＿＿＿＿　＿★＿＿　＿＿＿＿か。」
B「 9 じはんです。」
1 家　　　　　　　　2 出ました　　　　3 を　　　　　　　　4 に

A「昨天你是幾點<u>離開家門</u>的呢？」
B「九點半。」

正しい語順：きのうは何時に家を出ましたか。

何かをした時刻を聞くときは、「なんじに…か。」と言います。ですから、「なんじ」の後には「に」が入ります。最後の「か」の前は、「出ました」です。「を」は、名詞の後につく助詞ですから、「家」「を」の順になります。そう考えていくと「4→1→3→2」の順になり、＿★＿には3の「を」が入ります。

正確語順：昨天你是幾點離開家門的呢？

詢問事件的時間點要用「なんじに…か／幾點…呢」。因此，「なんじ／幾點」後應該接「に」，而句尾的「か」的前面應該接「出ました／離開家門」。「を」是接在名詞後的助詞，因此順序應是「家」「を」。如此一來正確的順序就是「4→1→3→2」，＿★＿的部分應填入選項3「を」。

指示詞的使用、名詞的表現

1 文法闖關大挑戰

文法知多少？請完成以下題目，從選項中，選出正確答案，並完成句子。
《答案詳見右下角。》

1 私が買ったのは（　　）です。
1. これ
2. この

我買的是這個。
1. これ：這個　2. この：這

2 （　　）へどうぞ。
1. ここ
2. こちら

這邊請。
1. ここ：這裡　2. こちら：這裡

3 あれは自転車のかぎ（　　）ありません。
1. です　2. では

那不是腳踏車的鑰匙。
1. です：是　2. では：X

4 その靴は私（　　）です。
1. の
2. こと

那雙鞋是我的。
1. の：的　2. こと：X

5 私（　　）は駅までバスで行きましょう。
1. たち　2. かた

我們坐巴士到車站吧！
1. たち：們　2. かた：…法

指示詞的使用
□ これ、それ、あれ、どれ 比較 この、その、あの、どの
□ ここ、そこ、あそこ、どこ 比較 こちら、そちら、あちら、どちら

名詞的表現
□ は〜です 比較 は〜ではありません／ではないです
□ の (準體助詞) 比較 こと
□ たち、がた 比較 かた

▶心智圖

1

これ、それ、あれ、どれ
這個；那個；那個；哪個

比較

這一組是用在指示事物給對方看的說法。「これ」（這）指說話者身邊的事物；「それ」（那）指聽話者身邊的事物；「あれ」（那）指雙方距離都遠的事物；「どれ」（哪）表示說話者不確定的事物，一般出現在疑問句中。但只用在指事物，不可以用在指人。

例 これは時計です。

　　這是時鐘。

例 それは雑誌です。

　　那是雑誌。

例 あれは１０９です。（イチマルキュー）

　　那是 109 百貨。

例 どれがあなたの本ですか。

　　哪一本是你的書呢？

この、その、あの、どの
這…；那…；那…；哪…

この、その、あの、どの＋【名詞】。這一組是指示連體詞，後面必須接名詞，不能單獨使用。除了指事物以外，也可以用在指人。「この」（這…）指說話者身邊的事物；「その」（那…）指聽話者身邊的事物；「あの」（那…）指雙方距離都遠的事物；「どの」（哪…）說話者不確定的事物，一般出現在疑問句中。

例 この本は村上春樹の小説です。

　　這本書是村上春樹的小説。

例 その人は誰ですか。

　　那個人是誰呢？

例 あの人は佐々木さんです。

　　那個人是佐佐木小姐。

例 どの人が田中さんですか。

　　哪一個人是田中先生呢？

2

ここ、そこ、あそこ、どこ
這裡；那裡；那裡；哪裡

比較

這組用在指示地點。「ここ」（這裡）指說話者身邊的場所；「そこ」（那裡）指聽話者身邊的場所；「あそこ」（那裡）指離雙方都較遠的場所；「どこ」（哪裡）表示說話者不確定的場所，一般出現在疑問句中。

例 ここはコンピューターの教室です。　這裡是電腦教室。

例 そこは会議室です。

　　那裡是會議室。

例 あそこはプールです。

　　那裡是游泳池。

例 トイレはどこですか。

　　洗手間在哪裡呢？

こちら、そちら、あちら、どちら
這邊、這位；那邊、那位；那邊、那位；哪邊、哪位

這組用在指示方向。「こちら」（這邊）指離說話者近的方向；「そちら」（那邊）指離聽話者近的方向；「あちら」（那邊）指離說話者和聽話者都遠的方向；「どちら」（哪邊）表示說話者不確定的方向，一般出現在疑問句中。另外，也可以表示場所或人物，但說法比較委婉。

例 こちらは山田先生です。

　　這一位是山田老師。

例 そちらは図書室です。

　　那邊是圖書室。

例 お手洗いはあちらです。

　　洗手間在那邊。

例 お国はどちらですか。

　　您的國家是哪裡呢？

3

| は〜です　…是… | 比較 | は〜ではありません／ではないです　…不是… |

【名詞】＋は＋【敘述的內容或判斷的對象之表達方式】＋です。名詞敬體的肯定句句型，表示某東西或某人，屬於「です」前面的名詞。

例 山田(やまだ)さんは学生(がくせい)です。

山田小姐是學生。

【名詞】＋は＋【否定的表達形式】。名詞敬體的否定句句型，用在表示某東西或某人，不屬於什麼。

例 これはカメラではありません。

這不是照相機。

例 山田(やまだ)さんは学生(がくせい)ではないです。

山田小姐不是學生。

4

| の（準體助詞）　…的 | 比較 | こと　做各種形式名詞用法 |

【名詞】＋の。準體助詞「の」後面可省略前面出現過，或無須說明大家都能理解的名詞，不需要再重複，或替代該名詞。

例 この曲(きょく)は福山雅治(ふくやままさはる)のです。

這首歌是福山雅治的。

【動詞普通形】＋こと。「こと」前接名詞修飾短句，使前面的短句名詞化。

例 自分(じぶん)に合(あ)った仕事(しごと)を探(さが)すことが大切(たいせつ)です。

找適合自己的工作很重要。

5

| たち、がた　…們 | 比較 | かた　…法、…樣子 |

【名詞】＋たち、がた。接尾詞「たち」接在「私」、「あなた」等人稱代名詞，或「子ども（こども）」、「大人（おとな）」等名詞的後面，表示人的複數；接尾詞「方（がた）」也是表示人的複數的敬稱，說法更有禮貌。

例 学生(がくせい)たちが広場(ひろば)に集(あつ)まりました。

學生們聚集在廣場。

例 あなた方(がた)はどなたですか。

您們是誰呢？

【動詞ます形】＋かた。前面接動詞連用形，表示方法、手段、程度跟情況。

例 電話(でんわ)のかけ方(かた)を教(おし)えてください。

請告訴我怎麼打電話。

もんだい1

1 A「これは　（　　　）　国の　ちずですか。」
　　B「オーストラリアです。」

　1　だれの　　　　2　どこの　　　　3　いつの　　　　4　何の

2 A「きょう（　　　　）　あなたの　たんじょうびですか。」
　　B「そうです。8月13日です。」

　1　も　　　　　　2　まで　　　　　3　から　　　　　4　は

3 A「これは　だれの　本ですか。」
　　B「山口くん（　　　　）　です。」

　1　の　　　　　　2　へ　　　　　　3　が　　　　　　4　に

4 これは　妹（　　　）　作った　ケーキです。

　1　は　　　　　　2　が　　　　　　3　へ　　　　　　4　を

5 A「パンの　（　　　）　方を　おしえて　くださいませんか。」
　　B「いいですよ。」

　1　作ら　　　　　2　作って　　　　3　作る　　　　　4　作り

もんだい2

6 （デパートで）
　　客「ハンカチの　＿＿＿　＿＿＿　★　＿＿＿か。」
　　店の人「2かいです。」

　1　は　　　　　　2　みせ　　　　　3　です　　　　　4　なんがい

7 （八百屋で）
　　大島「その　＿＿＿　★　＿＿＿　＿＿＿　ください。」
　　店の人「はい、どうぞ。」

　1　を　　　　　　2　赤い　　　　　3　5こ　　　　　4　りんご

8 A「あなたは、日本の　たべもので　どんな　ものが　すきですか。」
　　B「日本の　たべもので　＿＿＿　＿＿＿　★　＿＿＿　てん
　　ぷらです。」

　1　は　　　　　　2　すきな　　　　3　わたしが　　　4　の

もんだい1

1

A「これは（　　　）国の　ちずですか。」
B「オーストラリアです。」

1　だれの　　　　　2　どこの　　　　　3　いつの　　　　　4　何の

A「這是（哪個）國家的地圖呢？」
B「澳洲的。」

Bの文は「オーストラリア（の地図）です。」の（の地図）が省略されている。
国名をきくのは、疑問詞「どこ」。例：

・A：あなたのお国はどこですか。

　B：イギリスです。

B句是「這是澳洲（的地圖）」，句中省略了「的地圖」。

詢問國名時，疑問詞用「どこ」。例：

・A：您是從哪個國家來的呢？

　B：英國。

2

A「きょう（　　　）あなたの　たんじょうびですか。」
B「そうです。8月13日です。」

1　も　　　　　2　まで　　　　　3　から　　　　　4　は

A「今天（是）你的生日嗎？」
B「是的。是八月十三日。」

主題を表す「は」。例：

・今日はいい天気ですね。

・これはあなたの本ですか。

《他の選択肢》

1誕生日は1年に1日だけ。「今日も」

はおかしい。

3「から」は起点、2「まで」は終点を

表す。これも、1年に1日だけの誕

生日にはおかしい。例：

・明日から4日間、大阪へ出張です。

・夏休みは8月31日までです。

表示主題用「は」。例：

・今天天氣很好喔。

・這是你的書嗎？

《其他選項》

選項1生日一年只有一天，用「今日も／今天

也」不合邏輯。

選項3「から／從」表示起點，選項2「まで

／到」表示終點，用在一年只有一天的

生日也不合邏輯。例：

・從明天起，要去大阪出差4天。

・暑假到8月31日結束。

3　　　　　　　　　　　　　　　　　　　　　　　　　Answer **1**

A「これは　だれの　本ですか。」
B「山口くん（　　　）です。」
1　の　　　　　　　2　へ　　　　　　　3　が　　　　　　　4　に
A「這是誰的書呢？」
B「山口同學（的）。」

所有を表す「の」。「山口くんの本です」
の「本」が省略されている。例：

・A：これはだれのかばんですか。
　B：佐々木さんのです。

表示所有權的時候用「の／的」。本題是「山口
くんの本です／是山口的書」的句子省略了「本
／書」。例：

・A：這是誰的包包呢？
　B：佐佐木先生的。

4　　　　　　　　　　　　　　　　　　　　　　　　　Answer **2**

これは　妹（　　　）作った　ケーキです。
1　は　　　　　　　2　が　　　　　　　3　へ　　　　　　　4　を
這是妹妹（所）做的蛋糕。

「この文で、動作をするのはだれ（なに）
か」ということ（主格）は、「が」で表す。
例：

・これは父がくれた時計です。
・この絵は弟がかきました。
・荷物が届きました。

當敘述「この文で、動作をするのはだれ（なに）
か／在這段語句中，做動作的是誰（什麼東西）」
的時候，主格用「が」表示。例：

・這個是父親給我的手錶。
・這幅畫是弟弟畫的。
・行李寄到了。

5　　　　　　　　　　　　　　　　　　　　　　　　　Answer **4**

A「パンの　（　　　）方を　おしえて　くださいませんか。」
B「いいですよ。」
1　作ら　　　　　　2　作って　　　　　　3　作る　　　　　　4　作り
A「可以教我（做）麵包的方法嗎？」
B「可以呀！」

「どう作りますか」と同じ意味を「（動詞
ます形）方」で「作り方」という。例：

可以用「（動詞ます形）方／「（動詞ます形）
法」表示製作方法，與「どう作りますか／是怎
麼做的呢」意思相同。例：

5 翻譯與解題

・あなたの名前の読み方を教えてくださ
い。
・漢字が覚えられません。何かいい覚え
方はありませんか。

・請告訴我你名字的唸法。
・漢字都記不住，有沒有什麼好的背誦方法
呢？

もんだい2

6

（デパートで）
客「ハンカチの ＿＿＿＿ ＿＿＿＿ ★ ＿＿＿＿か。」
店の人「２かいです。」
1 は 2 みせ 3 です 4 なんがい

（在百貨公司裡）
顧客「請問賣手帕的店在幾樓呢？」
員工「在二樓。」

正しい語順：ハンカチの店は何階ですか。

店の人が「２かいです」と答えているの
で、客はハンカチの店が何階にあるかを
聞いているとわかります。ということは、
「ハンカチの」の後には「みせ」「は」が
来て、最後の「か」の前は「です」となり
ます。つまり、「２→１→４→３」の
順ですから、＿★＿には、「なんかい」
が入ります。

正確語順：請問賣手帕的店在幾樓呢？

由於員工回答「在二樓」，由此可知顧客詢問的
是手帕專櫃在幾樓。因此在「ハンカチの／手帕
的」之後應該接「みせ／專櫃」「は／在」。而
最後的「か／呢」之前則是「です」。也就是說，
順序應該是「２→１→４→３」，所以＿★＿的
部分應填入選項4「なんかい／幾樓」。

7

（八百屋で）
大島「その ＿＿＿＿ ★ ＿＿＿＿ ＿＿＿＿ ください。」
店の人「はい、どうぞ。」
1 を 2 赤い 3 ５こ 4 りんご

（在蔬果店裡）
大島「請給我那種紅蘋果五顆。」
店員「好的，這個給您。」

正しい語順：その赤いりんごを５こください。

何かを「ください」というときは、「〜をください」といいます。それに「〇こ」などの数を付け加えるときは、「〜を〇こください」と言います。したがって、最後の「ください」の前には「を５こ」が入ります。「赤い」の後には名詞の「りんご」が入りますので、「２→４→１→３」の順で、問題の＿＿★＿＿には４の「りんご」が入ります。

正確語順：請給我那種紅蘋果五顆。

當想表達請給我某種東西時，可用「〜をください／請給我〜」的句型。若要加上數量「〇こ／〇個」時，會用「〜を〇こください／請給我〜〇個」的句型。因此，句尾「ください」的前面應填入「を５こ」。而「赤い／紅」後面應該接名詞「りんご／蘋果」。所以正確的順序是「２→４→１→３」，而＿＿★＿＿的部分應填入選項４「りんご」。

8

A「あなたは、日本の　たべもので　どんな　ものが　すきですか。」
B「日本の　たべもので　＿＿＿＿　＿＿＿＿　＿★＿　＿＿＿＿　てんぷらです。」
1　は　　　　　　　2　すきな　　　　　3　わたしが　　　　4　の

A「在日本的食物當中，你喜歡什麼樣的呢？」
B「在日本的食物當中，我喜歡的是天婦羅。」

正しい語順：日本の食べ物でわたしがすきなのはてんぷらです。

「てんぷらです」の前には「は」が入ります。「わたしが」の後には「すきな」が続きます。「の」は、「もの」や「こと」、そのほかの名詞の代わりに使う言葉で、「わたしがすきなものは」という代わりに「わたしがすきなのは」といいます。このように考えると、「３→２→４→１」の順で、問題の＿＿★＿＿には４の「の」が入ります。

正確語順：在日本的食物當中，我最喜歡的是天婦羅。

「てんぷらです／天婦羅」之前填入「は」。「わたしが／我」的後面應接「すきな／喜歡的」。「の」可以替代「東西」或「事情」等名詞，所以原句「わたしがすきなものは／我喜歡的東西是」可替代成「わたしがすきなのは／我喜歡的是」。如此一來順序就是「３→２→４→１」，＿＿★＿＿的部分應填入選項４「の」。

☑ 語法知識加油站！

▶ 關於指示詞…

1. 本課四組指示詞文法又稱作「こそあど系列」，其中「そ系列」跟「あ系列」最容易被搞混。基本上在對話中，如果Ａ談到了Ｂ不知道的內容，Ｂ就要用「そ系列」代替那個自己不知道的內容；但如果是ＡＢ雙方都知道的人事物地，會用「あ系列」。
   - 「これ、それ、あれ、どれ」用來代替某個事物。
   - 「この、その、あの、どの」是指示連體詞，後面一定要接名詞，才能代替提到的人事物。
   - 「ここ、そこ、あそこ、どこ」跟「こちら、そちら、あちら、どちら」都可以用來指場所，但「こちら、そちら、あちら、どちら」的語氣比較委婉、謹慎。

▶ 關於名詞表現…

1. 「は」前面的名詞是主題，但「〜は〜です」是肯定句，「〜は〜ではありません／ではないです」是否定句。

2. 用「名詞＋の」的形式，可以省略原本後面會出現的名詞；而「〜こと」的形式，前面要接短句。

3. 「たち」、「がた」接人物，表示人物的複數；「かた」接動詞連用形，表示方法或情況等。另外，「がた」表示尊敬，所以「私」的後面只能接「たち」，而不能接「がた」。

1 文法闖關大挑戰

文法知多少？請完成以下題目，從選項中，選出正確答案，並完成句子。
《答案詳見右下角。》　➡

1
このりんごは（　）です。
1. すっぱい
2. すっぱいな

這顆蘋果很酸。
1. すっぱい：酸
2. すっぱいな：X

2
今日は宿題が多くて（　）。
1. 大変かったです
2. 大変でした

今天作業很多，真夠累的。
1. 大変かったです：X
2. 大変でした：累、辛苦

3
山田さんの指は、（　）長いです。
1. 細くて　2. 細いで

山田小姐的手指又細又長。
1. 細くて：細
2. 細いで：X

4
（　）宿題を出してください。
1. 早く
2. 早いに

請快點交作業。
1. 早く：快點
2. 早いに：X

5
あの（　）建物は美術館です。
1. 古い
2. 古いな

那棟老舊的建築是美術館。
1. 古い：老舊的
2. 古いな：X

6
花子の財布はあの（　）のです。
1. まるい　2. まるいな

花子的錢包是那個圓形的。
1. まるい：圓形的
2. まるいな：X

答案：(1) 1　(2) 2　(3) 1　(4) 1　(5) 1　(6) 1

形容詞現在、過去式
- □ 形容詞（現在肯定／現在否定）比較 形容動詞（現在肯定／現在否定）
- □ 形容詞（過去肯定／現在否定）比較 形容動詞（過去肯定／過去否定）

形容詞連接其他詞的用法
- □ 形容詞くて 比較 形容動詞で
- □ 形容詞く＋動詞 比較 形容動詞に＋動詞
- □ 形容詞＋名詞 比較 形容動詞な＋名詞
- □ 形容詞＋の 比較 形容動詞な＋の

▸心智圖

1

形容詞（現在肯定／現在否定）
形容詞現在式

比較

形容動詞（現在肯定／現在否定）
形容動詞現在式

形容詞述語句的常體是到詞尾「い」就結束。「い」前面不會變化的部分叫做詞幹。肯定敘述句用句型「名詞＋は＋形容詞辭書形＋です」，來表示事物目前性質、狀態等。形容詞述語句的否定式，是將詞尾「い」轉變成「く」，然後再加上「ありません」或是「ないです」。

形容動詞述語句的常體是到詞尾「だ」就結束。「だ」前面不會變化的部分叫做詞幹。至於形容動詞的肯定敘述句，把詞尾「だ」換成「です」是敬體說法；形容動詞的否定式，是把詞尾「だ」變成「で」，然後中間插入「は」，最後加上「ありません」或「ないです」。

例 すしはおいしい。

壽司好吃。

例 この指輪は安いです。

這只戒指很便宜。

例 この指輪は安くありません。

這只戒指不便宜。

例 この指輪は安くないです。

這只戒指不便宜。

例 星がきれいだ。

星星很美。

例 私はあの人が嫌いです。

我討厭那個人。

例 日本語は上手ではありません。

我的日文不好。

例 日本語は上手ではないです。

我的日文不好。

2

形容詞（過去肯定／過去否定）
形容詞過去式

比較

形容動詞（過去肯定／過去否定）
形容動詞過去式

形容詞的過去肯定，是將詞尾「い」改成「かっ」再加上「た」，用敬體時「かった」後面要再接「です」；形容詞的過去否定，是將詞尾「い」改成「く」，再加上「ありませんでした」；或將現在否定式的「ない」改成「なかっ」，然後加上「た」，用敬體時「なかった」後面要再接「です」。

形容動詞的過去肯定，是將現在肯定詞尾「だ」變成「だっ」再加上「た」，敬體是將詞尾「だ」換成「でし」再加上「た」；形容動詞過去否定式，是將現在否定的「ではありません」後接「でした」；或將現在否定式的「ではない」改成「ではなかっ」，然後加上「た」，用敬體時「ではなかった」後面再接「です」。

例 昨日は暑かったです。

昨天很熱。

例 昼ご飯は、おいしくありませんでした。

午餐不好吃。

例 昨日は忙しくなかったです。

昨天很閒。

例 昨日は暇でした。

昨天很閒。

例 この町はにぎやかではありませんでした。

這個城鎮以前不熱鬧。

例 母は元気ではなかったです。

媽媽沒精神。

3

形容詞くて　表示停頓及並列　比較

【形容詞詞幹】＋く＋て。形容詞詞尾「い」改成「く」，再接上「て」，表示句子還沒說完到此暫時停頓或屬性的並列（連接形容詞或形容動詞時）；也可表示理由、原因之意，但其因果關係比「～から」、「～ので」還弱。

例 あの映画は長くてつまらないです。

那齣電影又冗長，又沒意思。

例 あのホテルは大きくてきれいです。

那個飯店又寬敞又整潔。

例 映画館は、人が多くて大変でした。

電影院人很多，真是受夠了。

形容動詞で　表停頓及並列

【形容動詞詞幹】＋で。形容動詞詞尾「だ」改成「で」，表示句子還沒說完到此暫時停頓，或屬性的並列（連接形容詞或形容動詞時）之意；也有表示理由、原因之意，但其因果關係比「～から」、「～ので」還弱。

例 彼はハンサムですてきな人です。

他是個英俊又出色的人。

例 花火大会はにぎやかで好きです。

煙火晚會很熱鬧，我很喜歡。

4

形容詞く＋動詞　表示修飾動詞　比較

【形容詞詞幹】＋く＋【動詞】。形容詞詞尾「い」改成「く」，可以修飾句子裡的動詞。

例 そこはいつも風が強く吹いています。

那裡總是颳著很大的風。

形容動詞に＋動詞　表修飾動詞

【形容動詞詞幹】＋に＋【動詞】。形容動詞詞尾「だ」改成「に」，可以修飾句子裡的動詞。

例 ドアは静かに閉めてください。

請輕輕地關門。

形容詞＋名詞 …的… 〔比較〕 形容動詞な＋名詞 …的…

【形容詞基本形】＋【名詞】。形容詞要修飾名詞，就是把名詞直接放在形容詞辭書形後面。

例 原宿は面白い服の女の人が多いです。

原宿有很多打扮吸引人的女人。

例 私は話が面白い人が好きです。

我喜歡説話風趣的人。

【形容動詞詞幹】＋な＋【名詞】。形容動詞要後接名詞，得把詞尾「だ」改成「な」，才可以修飾後面的名詞。

例 おばさんはきれいな人です。

阿姨是漂亮的人。

形容詞＋の …的 〔比較〕 形容動詞な＋の …的…

【形容詞基本形】＋の。形容詞後面接的「の」是一個代替名詞，代替句中前面已出現過，或是無須解釋就明白的名詞。

例 私の傘はあの白いのです。

我的雨傘是那隻白色的。

【形容動詞詞幹】＋な＋【名詞】。形容動詞後面接代替句子的某個名詞「の」時，要將詞尾「だ」變成「な」。

例 一番静かなのはここです。

最安靜的是這裡。

もんだい1

1 この みせの ラーメンは、（　　） おいしいです。

1 やすくて　　　2 やすい　　　3 やすいので　4 やすければ

2 いもうとは （　　　） うたを うたいます。

1 じょうずに　　2 じょうずだ　　3 じょうずなら　　4 じょうずの

もんだい2

3 この へやは とても ＿＿＿ ＿★＿ ＿＿＿ ＿＿＿ね。

1 です　　　　　2 て　　　　　3 ひろく　　　4 しずか

4 A「山田さんは どんな 人ですか。」

　　B「とても ＿＿＿ ＿★＿ ＿＿＿ ＿＿＿よ。」

1 人　　　　　2 です　　　　3 きれいで　　4 たのしい

もんだい3

日本で べんきょうして いる 学生が、「日曜日に 何を するか」に ついて、クラスの みんなに 話しました。

わたしは、日曜日は いつも 朝 早く おきます。へや **5** そうじや せんたくが おわってから、近くの こうえんを さんぽします。こうえんは、とても **6** 、大きな 木が 何本も **7** 。きれいな 花も たくさん さいて います。

ごごは、としょかんに 行きます。そこで、3時間ぐらい ざっしを 読んだり、べんきょうを **8** します。としょかんから 帰る ときに 夕飯の やさいや 肉を 買います。夕飯は テレビを **9** 、一人で ゆっくり 食べます。

夜は、2時間ぐらい べんきょうを して、早く ねます。

5

1 や　　　　　2 の　　　　　3 を　　　　　4 に

6

1 ひろくで　　2 ひろいで　　3 ひろい　　　4 ひろくて

7

1 います　　　2 いります　　3 あるます　　4 あります

8

1 したり　　　2 して　　　　3 しないで　　4 また

9

1 見_みたり　　2 見_みても　　3 見_みながら　　4 見_みに

もんだい1

1

この　みせの　ラーメンは、（　　　）　おいしいです。
1　やすくて　　　　　2　やすい　　　　　3　やすいので　　　4　やすければ

| 這家店的拉麵（既便宜）又好吃。

「この店のラーメンは安いです。そして、おいしいです」という意味。形容詞文をつなぐとき、「（形容詞）いです」を「（形容詞）くて」に変える。例：
・このカメラは小さくて、軽いです。
・教室は広くて、明るいです。
《他の選択肢》
3「安いので」の「ので」は理由を表す。安いこととおいしいことに関係はないので×。

本題的意思是「この店のラーメンは安いです。そして、おいしいです／這家店的拉麵很便宜，而且好吃」。當連接形容詞句時，「（形容詞）いです」應改為「（形容詞）くて」。例：
・這台相機又小又輕。
・教室又寬敞又明亮。
《其他選項》
選項3「安いので／因為便宜」的「ので／因為」是表示理由的用法。但是「安い／便宜」和「おいしい／好吃」之間並沒有因果關係，所以不是正確答案。

2

いもうとは　（　　　）　うたを　うたいます。
1　じょうずに　　　2　じょうずだ
3　じょうずなら　　4　じょうずの

| 我妹妹的歌唱得（很好）。

形容動詞が動詞を修飾するとき、「（形容動詞）な」を「（形容動詞）に」に変える。問題文は、「妹は歌を歌います」という文に、（どう歌いますか）「上手に歌います」という説明を加えた文。例：
・ケーキをきれいに並べます。
・使い方を簡単に説明してください。
※ 形容詞が動詞を修飾するとき、「(形容詞)い」を「（形容詞）く」に変える。例：
・ここに名前を大きく書きます。
・よくわかりました。

當使用形容動詞修飾動詞時，「（形容動詞）な」應改為「（形容動詞）に」。本題是在「妹は歌を歌います／妹妹在唱歌」的基本句上予以補充說明（どう歌いますか／她唱歌好聽嗎）「上手に歌います／唱得很好聽」。例：
・把蛋糕擺得整齊漂亮。
・請簡單說明使用方法。
※ 當使用形容詞修飾動詞時，「（形容詞）い」應改為「（形容詞）く」。例：
・請在這裡大大地寫上名字。
・我清楚地了解了。

もんだい 2

3

Answer ❷

この　へやは　とても　＿＿＿＿　★　＿＿＿＿　＿＿＿＿ね。

1　です　　　　　　2　て　　　　　　3　ひろく　　　　　4　しずか

| 這個房間非常寬敞又安靜呢。

正しい語順：この部屋はとても広くて静かですね。

「とても」は、形容詞や形容動詞の前につきます。この問題では、「ひろく」か「しずか」の前ですね。「ひろく」と「しずか」、どちらが前に来るでしょう。「て」に続くのは「ひろく」ですので、「ひろくてしずか」となります。「ね」の前は「です」なので、「3→2→4→1」の順で、＿＿＿＿★＿＿＿＿には2の「て」が入ります。

正確語順：這個房間非常寬敞並且安靜呢。

「とても／非常」應接在形容詞或形容動詞之前。以這題來說，就是接在「ひろく／寬敞」或「しずか／安靜」之前。那麼，如何分辨應該接在「ひろく」還是「しずか」之前呢？由於「て」是接在「ひろく」之後，所以順序應是「ひろくてしずか」。另外，「ね」之前則是「です」。所以正確的順序是「3→2→4→1」，而＿＿★＿＿的部分應填入選項2「て」。

4

Answer ❹

A「山田さんは　どんな　人ですか。」

B「とても　＿＿＿＿　★　＿＿＿＿　＿＿＿＿よ。」

1　人　　　　　　　　2　です　　　　　　3　きれいで　　　　4　たのしい

| A「山田小姐是個什麼樣的人呢？」
| B「是一位非常漂亮而且很有幽默感的人喔！」

正しい語順：とてもきれいで楽しい人ですよ。

どんな人か、と聞かれていますので、最後の「よ」の前には「人です」が入ります。「たのしい」という形容詞は、名詞の前につくので、「人」の前に入ります。「きれいでたのしい人」となりますので、「3→4→1→2」の順で、問題の＿＿★＿＿には4の「たのしい」が入ります。

正確語順：是一位非常漂亮而且很有幽默感的人喔！

由於問的是一位什麼樣的人，所以句尾的「よ／喔」前面應填入「人です／是人」。形容詞「たのしい／有幽默感的」應接在名詞「人」之前，連接起來就是「きれいでたのしい人／漂亮又有幽默感的人」。所以正確的順序是「3→4→1→2」，而＿＿★＿＿的部分應填入選項4「たのしい」。

もんだい3

5 ～ 9

日本で べんきょうして いる 学生が、「日曜日に 何を するか」について、クラスの みんなに 話しました。

> わたしは、日曜日は いつも 朝 早く おきます。へや **5** そうじや せんたくが おわってから、近くの こうえんを さんぽします。こうえんは、とても **6** 、大きな 木が 何本も **7** 。きれいな 花も たくさん さいて います。
>
> ごごは、としょかんに 行きます。そこで、3時間ぐらい ざっしを 読んだり、べんきょうを **8** します。としょかんから 帰る ときに 夕飯の やさいや 肉を 買います。夕飯は テレビを **9** 、一人で ゆっくり 食べます。
>
> 夜は、2時間ぐらい べんきょうを して、早く ねます。

在日本留學的學生以〈星期天做什麼呢〉為題名寫了一篇文章，並且在班上同學的面前誦讀給大家聽。

我星期天總是很早起床。打掃完房間、洗完衣服以後，我會到附近的公園散步。那座公園很大，有好幾棵大樹，也開著很多美麗的花。

下午我會去圖書館，在那裡待三個小時左右，看看雜誌或者是讀讀功課。從圖書館回來的路上買做晚飯用的蔬菜和肉等等。晚飯一面看電視，一面自己一個人慢慢吃。

晚上大約用功兩個小時就早早上床睡覺。

---

5 Answer ❷

1 や	2 の	3 を	4 に

「部屋を掃除します」を名詞にするとき「を」を「の」に変えて、「部屋の掃除」となる。問題文では「部屋の掃除」と「洗濯」が並んでいる。例：	當把「部屋を掃除します／要打掃房間」變成名詞時，要將「を」換成「の」，成為「部屋の掃除／打掃房間」。本題的「部屋の掃除」和「洗濯／洗衣服」兩項事物並排列舉。例：
・英語を勉強します→英語の勉強 ・姉が結婚します→姉の結婚	・要學習英語。→英語學習 ・姊姊要結婚。→姊姊的婚禮

---

6 Answer ❹

1 ひろくで	2 ひろいで	3 ひろい	4 ひろくて

「公園はとても 広いです。そして、…」という意味。形容詞は、次の文につながるとき「（形容詞）いです」を「（形容詞）くて」に変える。例：	本題的意思是「公園はとても 広いです。そして、…／公園非常寬廣，而且…」。當形容詞連接後續語句時，「（形容詞）いです」應改為「（形容詞）くて」。例：

・この携帯電話は新しくて、便利です。

・テストは難しくて、全然できませんでした。

・這支手機是新款的，使用方便。

・試題很難，連一題都答不出來。

---

7 Answer **4**

1 います	2 いります	3 あるます	4 あります
1（有生命的動物）有	2 需要	3 ×	4（無生命物或植物）有

「（公園には）大きな木が何本も（ ）」で、主語は「木が」なので、述語は「あります」。

「（公園には）大きな木が何本も（ ）／（公園裡）（ ）好幾棵高大的樹木」，這個句子的主語是「木が／樹」，所以述語是「あります／有」。

---

8 Answer **1**

1 したり	2 して	3 しないで	4 また

「～たり、～たりします」の文。

這裡要用「～たり、～たりします／有時～，有時～」這一句型。

---

9 Answer **3**

1 見たり	2 見ても	3 見ながら	4 見に

基本の文は「（わたしは）夕飯を食べます」→「（わたしは）テレビを（ ）、夕飯を食べます」。「テレビを見ます」と「夕飯を食べます」を同時に行うので、「～ながら」が○。
※ 問題文は「わたしは」ではなく「夕飯は」が主語になっている。この文は、「夕飯をどう食べますか」ということを説明している文。「（朝食は～ですが、）夕飯は～です」の「は」と考えよう。

基本句是「（わたしは）夕飯を食べます／（我）吃晚餐」，變化為「（わたしは）テレビを（ ）、夕飯を食べます／（我）（ ）電視，吃晚餐」。「テレビを見ます／看電視」和「夕飯を食べます／吃晚餐」是同時進行的兩件事，這時要用「～ながら／一邊～一邊～」。
※ 本題的主語並不是「わたしは／我」而是「夕飯は／晚餐」。這個句子是在說明「夕飯をどう食べますか／是如何吃晚餐的呢？」。這時，其隱含的意思相當於「（朝食は～ですが、）夕飯は～です／（早餐雖然是～）晚餐則是～」中的「は」。

✔ 語法知識加油站！

▶ 關於形容詞與形容動詞…

1. 形容詞跟形容動詞都用來表示人事物的性質、狀態，但活用變化不一樣。形容詞最大特徵就是詞尾「い」，而形容動詞的詞尾是「だ」。另外，用日語字典查形容詞的時候，查到的字詞包括詞幹跟詞尾。但是，查形容動詞時，查到的字詞大多只寫詞幹喔！

   - 請注意，「きれい」（漂亮）、「嫌い／きらい」（討厭）常被誤以為是形容詞，但其實是形容動詞。

2. 形容詞與形容動詞的活用變化不一樣，剛開始可能沒辦法馬上將現在式轉變成過去式，但不用緊張，接下來再復習一下吧。

   - 形容詞的過去肯定＝「形容詞詞幹＋かった（です）」
   - 形容動詞的過去肯定＝「形容動詞詞幹＋でした／だった」
   - 形容詞的過去否定＝「形容詞詞幹＋くありませんでした／くなかった（です）」
   - 形容動詞的過去否定＝「形容動詞詞幹＋ではありませんでした／ではなかった（です）」。

3. 形容詞與形容動詞在句子的中間停頓形式是「形容詞詞幹＋くて」、「形容動詞詞幹＋で」。

   - 請注意，「きれい」（漂亮）、「嫌い／きらい」（討厭）是形容動詞，所以中間停頓形式是「きれいで」、「嫌いで」喔！

4. 形容詞與形容動詞要修飾動詞時，要注意不可以直接接在動詞前面喔！簡單整理一下：

   - 形容詞修飾動詞用「形容詞詞幹＋く＋動詞」
   - 形容動詞修飾動詞用「形容動詞詞幹＋に＋動詞」。

5. 形容詞要修飾名詞，直接將辭書形接在名詞前面就行了。請注意，形容詞跟名詞中間不需要加「の」喔！但形容動詞要修飾名詞的話，要用「形容動詞詞幹＋な＋名詞」的形式。

動詞的表現

1 文法闖關大挑戰

文法知多少？請完成以下題目，從選項中，選出正確答案，並完成句子。
《答案詳見右下角。》

1 私は毎朝、新聞を（　　）。
1. 読みます
2. 読みました

我每天早上看報紙。
1. 読みます：看　2. 読みました：看了

2 机の上（　　）辞書（　　）。
1. に〜があります
2. は〜にあります

桌子上面有字典。
1. 〜に〜があります：…有…
2. 〜は〜にあります：…在…

3 かばんに教科書を（　　）。（用常體）
1. 入れる　2. 入れます

在包包裡放教科書。
1. 入れる：放入　2. 入れます：放入

4 （　　）相手はきれいです。
1. 結婚する
2. 結婚するの

結婚對象很漂亮。
1. 結婚する：結婚　2. 結婚するの：X

5 授業（　　）は、携帯の電源を切ってください。
1. 中　2. しています

上課中，請關掉手機。
1. 中：…中，正在…　2. しています：正在…

6 あそこで犬が（　　）。
1. 死にます
2. 死んでいます

有隻狗死在那裡。
1. 死にます：死亡　2. 死んでいます：死亡

7 台風で橋が（　　）が、もう直りました。
1. 壊れました　2. 壊れています

颱風造成了橋樑損壞，但已經修復了。
1. 壊れました：損壊了
2. 壊れています：損壊

8 彼女は今年から、よく大阪へ（　　）。
1. 行きます　2. 行っています

她今年開始經常去大阪。
1. 行きます：去　2. 行っています：去

答案：(1) 1 (2) 1 (3) 1 (4) 1 (5) 1 (6) 2 (7) 1 (8) 2

2 動詞總整理

動詞時態
- □ 動詞 (現在肯定／現在否定) 比較 動詞 (過去肯定／過去否定)
- □ 動詞 (過去肯定／過去否定) 比較 〔動詞＋ています〕
- □ 動詞＋ています 比較 ちゅう
- □ 動詞＋ています 比較 動詞 (現在肯定／現在否定)
- □ 動詞 比較 〔動詞＋ています〕
- □ に～があります／います 比較 は～にあります／います

動詞自他動詞用法
- □ が＋自動詞 比較 を＋他動詞
- □ 自動詞＋ています 比較 他動詞＋てあります

動詞其他用法
- □ 動詞敘述語句 (敬體) 比較 動詞述語句 (常體)
- □ 動詞＋名詞 比較 名詞＋の＋名詞
- □ 動詞たり＋動詞たりします 比較 動詞ながら
- □ をもらいます 比較 をあげます

心智圖

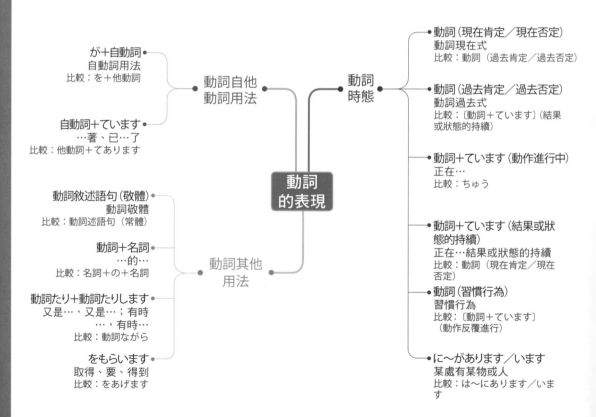

1

動詞（現在肯定／現在否定）
動詞現在式

比較

表示人或事物的存在、動作、行為和作用的詞叫動詞。動詞述語句現在肯定式敬體用「ます」；否定式的話，就要把「ます」改成「ません」；也可以用在習慣行為；表示現在的狀態，用存在動詞「います」（用在有生命體的人或動物）或「あります」（用在植物或無生命物）；或未來的計畫或打算。

例 花子は勉強します。

花子唸書。

例 雪が降りません。

不會下雪。

例 毎日、学校へ行きます。

每天去學校。

例 本屋の隣に花屋があります。

書店隔壁有花店。

例 明日、山口さんが来ます。

明天山口小姐會來。

動詞（過去肯定／過去否定）
動詞過去式

動詞過去式表示人或事物過去的存在、動作、行為和作用。動詞述語句過去肯定式敬體用「ました」；動詞述語句過去否定式敬體的話，就要用「ませんでした」。

例 昨日、日光に行きました。

昨天去了日光。

例 先週は雨が降りませんでした。

上個星期沒有下雨。

2

動詞（過去肯定／過去否定）
動詞過去式

比較

動詞過去式表示人或事物過去的存在、動作、行為和作用。動詞述語句的過去肯定式敬體用「ました」；動詞述語句的過去否定式敬體，要用「ませんでした」。

例 トマトを二つ食べました。

吃了兩顆番茄。

例 山中さんは昨日は会社に行きませんでした。

山中先生昨天沒去上班。

〔動詞＋ています〕
（結果或狀態的持續）
結果或狀態的持續

【動詞て形】＋います。表示某一動作後的結果或狀態還持續到現在，也就是說話的當時。

例 山下さんはもう結婚しています。

山下先生已經結婚了。

3

〔動詞＋ています〕（動作進行中）
正在…

比較

【動詞て形】＋います。表示動作或事情的持續，也就是動作或事情正在進行中。

例 母は台所でご飯を作っています。

媽媽正在廚房裡做飯。

ちゅう
…中、正在…

「ちゅう」是接尾詞，漢字寫成「中」，表示此時此刻正在做某件事情。前面通常要接名詞，也會搭配某幾個動詞，這時要接動詞連用形，譬如「考え中／かんがえちゅう」（思考中）、「話し中／はなしちゅう」（談話中）等。

例 試験中におなかが痛くなりました。

正在考試時，肚子痛了起來。

4

〔動詞＋ています〕（結果或狀態的持續） 結果或狀態的持續

比較

【動詞て形】＋います。表示某一動作後的結果或狀態還持續到現在，也就是說話的當時。另外，也可以用來表示現在在做什麼職業。

例 私はソウルに住んでいます。

我住在首爾。

例 姉は郵便局で働いています。

我姐姐在郵局上班。

動詞（現在肯定／現在否定）
現在式

表示人或事物的存在、動作、行為和作用的詞叫動詞，可以用在習慣行為。動詞述語句的現在肯定式敬體用「ます」；否定式的話，就要把「ます」改成「ません」。另外，也可以表示未來的計畫或打算。

例 私はよく映画を見ます。

我常看電影。

例 太郎はいつも納豆を食べません。

太郎總是不吃納豆。

5

動詞（習慣行為） 習慣行為

比較

〔動詞＋ています〕（動作反覆進行）
動作反覆進行

動詞述語句的現在式可以表示習慣行為，如例句；也可以表示現在的狀態，用存在動詞「います」（用在有生命體的人或動物）或「あります」（用在植物或無生命物）；或未來的計畫或打算。

【動詞て形】＋います。可以用在某一動作、行為反覆發生，常跟表示頻率的「毎日／まいにち」（每天）、「いつも」（總是）、「よく」（經常）、「時々／ときどき」（有時候）等單詞一起使用。

例 毎日、公園へ行きます。

每天去公園。

例 私は毎晩ワインを１杯飲んでいます。

我每天都會喝一杯紅酒。

6

に〜があります／います
某處有某物或人

比較

は〜にあります／います
某物或人在某處

表示某場所存在某種無生命物或植物，用「場所＋に＋物／植物＋が＋あります」這一句型；表示某場所存在某個有生命的動物或人，就用「場所＋に＋動物／人＋が＋います」這一句型。

表示無生命物或植物存在某場所，用「物／植物＋は＋場所＋に＋あります」這一句型；表示有生命的動物或人存在某場所，就用「動物／人＋は＋場所＋に＋います」這一句型。

例 冷蔵庫にジュースがあります。

冰箱裡有果汁。

例 100円ショップはどこにありますか。

百圓商店在哪裡？

例 ベッドに猫がいます。

床上有貓。

例 私の犬は車の中にいます。

我家狗在車子裡。

7

が＋自動詞 無人為意圖發生的動作	比較	を＋他動詞 表有人為意圖發生的動作

【名詞】＋が＋【自動詞】。自動詞一般用在自然等等的力量，沒有人為的意圖而發生的動作，但即使是人主動實行某行為，也常常有像這樣使用自動詞的表現方式。

例 ドアが閉まりました。

門關了起來。

【名詞】＋を＋【他動詞】。有些動詞前面需要接「名詞＋を」，這樣的動詞叫「他動詞」。「を」前面的名詞是動作的目的語。「他動詞」主要是人為的，表示影響、作用直接涉及其他事物的動作。

例 山田さんがドアを閉めました。

山田先生把門關起來。

例 部屋の電気を付けたり消したりしないでください。

房間裡的電燈不要一下開，一下關的。

8

自動詞＋ています …著、已…了	比較	他動詞＋てあります …著、已…了

表示跟目的、意圖無關的某個動作結果或狀態，還持續到現在。

例 雪が降っています。

正下著雪。

表示抱著某個目的、有意圖地去執行，當動作結束之後，那一動作的結果還存在的狀態。

例 黒板に絵が描いてありました。

黑板畫著畫。

9

動詞述語句（敬體） 動詞敬體	比較	動詞述語句（常體） 動詞常體

日語的敬體，也就是「です・ます」（丁寧語）的形式。敬體用在需要表示敬意的人，通常是自己的師長、公司上司、客戶，或是不熟的人。動詞述語句的現在肯定式敬體用「ます」；否定式的話，就要把「ます」改成「ません」。

例 私はご飯を食べます。

我吃飯。

例 私はご飯を食べません。

我不吃飯。

相對於上面的敬體用法，動詞述語句的常體說法在口語上，顯得比較隨便，一般用在關係非常親密的親友之間，或者是長輩對晚輩說話的時候。不過，在新聞、論文等書面上，會用常體書寫。

例 靴下をはく。

穿襪子。

例 テレビを見る。

看電視。

10

動詞＋名詞 …的…

比較

名詞＋の＋名詞 …的…

【動詞普通形】＋【名詞】。動詞的普通形，可以直接修飾名詞。

例 料理を作る時間がありません。

> 沒有做菜的時間。

「の」在兩個名詞中間，讓前一個名詞，給後一個名詞增添了各種意思。如：所有者、內容說明、作成者、數量、同位語及位置基準等等。

例 これは李さんの本です。

> 這是李先生的書。

11

動詞たり、動詞たりします
又是…，又是…；有時…，有時…

比較

動詞ながら
一邊…一邊…

「動詞た形＋たり＋動詞た形＋たり＋する」表示動作並列，意指從幾個動作之中，例舉出兩、三個有代表性的，並暗示還有其他的；「動詞たり」有時只會出現一次，但這不算是正式的用法，通常指出現在日常會話。

例 子どもたちは、歌ったり踊ったりしています。

> 小孩們又在唱歌又在跳舞。

例 パーティーで、食べたり飲んだりしました。

> 在派對裡，吃吃又喝喝的。

例 日曜日は、掃除をしたりして、忙しいです。

> 星期日打掃什麼的，很忙的。

「動詞ます形＋ながら」表示同一主體同時進行兩個動作，此時後面的動作是主要的動作，前面的動作為伴隨的次要動作，如例句。

例 コーラを飲みながら、ＮＢＡを見ます。

> 邊喝可樂，邊看 NBA。

12

| をもらいます　取得、要、得到 | 比較 | をあげます　給予…、給… |

表示從某人那裡得到某物。「を」前面是指得到的東西。給的人一般用「から」或「に」表示。

表示給予某人某樣東西。「を」前面是指給予的東西。接收的人一般用「に」表示。

例 母は小野さんに本をもらいました。

媽媽從小野小姐那裡得到了書。

例 私は彼女にダイヤの指輪をあげます。

我送給女友鑽戒。

4 新日檢實力測驗

もんだい1

1 （電話で）
山田「山田と もうしますが、そちらに 田上さん（　　　　）。」
田上「はい、わたしが 田上です。」

1 では ないですか　　　　　　2 いましたか
3 いますか　　　　　　　　　　4 ですか

2 中山「大田さん、その バッグは きれいですね。まえから もって いましたか。」
大田「いえ、先週（　　　　）。」

1 かいます　　　　　　　　　　2 もって いました
3 ありました　　　　　　　　　4 かいました

3 はがきは かって（　　　　）ので、どうぞ つかって ください。

1 やります　　2 ください　　3 あります　　4 おかない

4 夜の そらに 丸い 月が でて（　　　　）。

1 いきます　　2 あります　　3 みます　　4 います

5 たんじょうびに、おいしい ものを たべ（　　　　）のんだり しました。

1 たり　　　　　　2 て　　　　　　3 たら　　　　　　4 だり

6 テーブルの 上に おはしが ならべて（　　　　）。

1 おります　　2 います　　3 きます　　4 あります

もんだい2

7 A「お父さんは どこに つとめて いますか。」
B「＿＿＿ ＿＿＿ ★ ＿＿＿。」

1 います　　　　2 銀行　　　　3 つとめて　　4 に

8 中山「リンさんは 休みの 日には 何を して いますか。」
リン「そうですね、たいてい＿＿＿ ★ ＿＿＿ ＿＿＿。」

1 います　　　　2 して　　　　3 を　　　　　4 ゴルフ

もんだい1

1

Answer **3**

（電話で）
山田「山田と　もうしますが、そちらに　田上さん（　　　）。」
田上「はい、わたしが　田上です。」

1　では　ないですか	2　いましたか
3　いますか	4　ですか

（通電話）
山田「敝姓山田，請問您那裡（有）一位田上先生（嗎）？」
田上「您好，我就是田上。」

「そちらに田上さん（は）いますか。」の（は）が省略されている。会話文では、助詞が省略されることが多い。

「そちらに」があるので、「いますか」が○。

「そちらに」がなければ、「山田と申しますが、（あなたは）田上さん4ですか／1ではないですか」も○。2は過去形なので×。

※「と申します」は、「といいます」の丁寧な言い方。

※「そちら」は「そこ」の丁寧な言い方。

文中「そちらに田上さん（は）いますか。／請問您那裡（有）一位田上先生〈嗎〉？」的（は）被省略。在會話中，助詞時常被省略。

因為前文有「そちらに／那邊」所以後文接「いますか／有…」是正確的。

若前文沒有「そちらに」的話，「山田と申しますが、（あなたは）田上さん（）／我叫山田，請問（您）是田上先生嗎？」選項4「ですか」以及選項1「ではないですか」都是正確的。選項2是過去式所以不正確。

※「と申します」是「といいます」較禮貌的說法。

※「そちら」是「そこ」較禮貌的說法。

2

Answer **4**

中山「大田さん、その　バッグは　きれいですね。まえから　もって　いましたか。」
大田「いえ、先週（　　　）。」

1　かいます	2　もって　いました
3　ありました	4　かいました

中山「大田小姐，那個皮包真漂亮呀！已經用很久了嗎？」
大田「不是的，上星期（買的）。」

「（あなたはバッグを）前から持っていましたか」に対する答え方を考える。

想一想當被詢問「（あなたはバッグを）前から持っていましたか／（你的提包）是從以前就有的嗎」時，應該回答什麼。

「（動詞て形）ています」で、状態を表す。
例：

・A：あなたは車を持っていますか。

B：はい、持っています。

A：いつから持っていますか。

B：昨年から持っています。昨年買い
ました。

問題では、「前から」と聞いているので、
答えは「いいえ、先週から持っています。
先週買いました」となる。

※「前から持っていましたか」という言い
方は、「今までずっと（持っている）」
という存続の気持ちを表す。「前から
持っていますか」と意味は同じ。

《他の選択肢》

1「先週」とあるので、答えは過去形。

2「先週」とあるので、続いている状態
を表す「ています」はおかしい。例：

・私は結婚しています。（状態）

・私は先月結婚しました。（一度の
行為）

「（動詞て形）ています」表示狀態。例：

・A：你有車子嗎？

B：有，我有車子。

A：從什麼時候開始有的呢？

B：從去年開始。去年買的。

由於題目問的是「前から／從以前」，所以回答
應該是「いいえ、先週から持っています。先週
買いました／不，從上星期開始。上星期買的。」

※「前から持っていましたか／從以前開始就有的
嗎？」這樣的問法，隱含的意思是「今までずっ
と（持っている）／到現在都一直（有嗎）」，
和「前から持っていますか」意思相同。

《其他選項》

選項1因為題目是「先週／上星期」，所以回
答應該是過去式。

選項2因為題目是「先週／上星期」，所以用
進行式的「ています／一直～」不合邏
輯。例：

・我結婚了。（表示狀態）

・我上個月結了婚。（表示一次性的
行為）

3

はがきは　かって　（　　　）ので、どうぞ　つかって　ください。
1　やります　　　2　ください　　　3　あります　　　4　おかない

這裡有買好的明信片，請自行取用。

「（他動詞て形）あります」は、物の状態
を表す。人が何かの目的を持って行った
結果を言いたい時。例：

・机の上に花が飾ってあります。

・ノートに名前が書いてあります。

・牛乳は冷蔵庫に入れてあります。

・A：パーティーの用意はできていますか。

B：はい、食べ物はもう買ってあります。

「（他動詞て形）あります／（他動詞て形）著、
（他動詞て形）在」是表示物體的狀態，用在敘
述某人基於某種意圖而從事行為的結果。例：

・桌上擺飾著花朵。

・筆記本上寫著名字。

・牛奶放在冰箱裡。

・A：宴會都準備好了嗎？

B：是的，食物已經買好了。

4

Answer ❹

夜の そらに 丸い 月が でて（　　）。
1 いきます　　　　2 あります　　　　3 みます　　　　4 います
｜夜空中（有著）一輪明月。

「（自動詞て形）います」は、物の状態を表す。「（他動詞て形）あります」が、人が目的を持って行った結果を言うのに対して、「（自動詞て形）います」は、ただ見える状況を言いたい時に使う。
例：
・時計が止まっています。
・ドアが開いています。
・A：パンはどこですか。
　B：パンは冷蔵庫に入っています。

「（自動詞て形）います／（自動詞て形）著、在」是表示物體的狀態。相較於「（他動詞て形）あります／（他動詞て形）著、在」用在敘述某人基於某種意圖而從事行為的結果，「（自動詞て形）います」則是用在單純敘述看到的狀況。例：
・時鐘是停著的。
・門開著。
・A：麵包在哪裡呢？
　B：麵包放在冰箱裡。

5

Answer ❶

たんじょうびに、おいしい ものを たべ（　　）のんだり しました。
1 たり　　　　　2 て　　　　　3 たら　　　　　4 だり
｜在慶生會上（又）吃又喝地享用了美食。

「〜たり、〜たりします」の文。

本題使用的句型是「〜たり、〜たりします／又〜又〜、時而〜時而〜」。

6

Answer ❹

テーブルの 上に おはしが ならべて（　　）。
1 おります　　　　2 います　　　　3 きます　　　　4 あります
｜桌上擺有筷子。

「並べる」は他動詞。「（他動詞て形）あります」で、物の状態を表す。人が何かの目的を持って行った結果を言いたいとき。例：
・教室に絵がかけてあります。
・テーブルの上にパンが置いてあります。

「並べる／排列」是他動詞。「（他動詞て形）あります／（他動詞て形）著、在」表示物體的狀態，用在敘述某人基於某種意圖而從事行為的結果。例：
・教室裡掛著畫。
・桌上放著麵包。

もんだい2

7 Answer ③

A「お父さんは　どこに　つとめて　いますか。」
B「＿＿＿＿　＿＿＿＿　__★__　＿＿＿＿。」
1　います　　　　　2　銀行　　　　　3　つとめて　　　　4　に

A「請問令尊在哪裡高就呢？」
B「在銀行工作。」

正しい語順：銀行につとめています。

どこにつとめているか、と、聞かれているので、「～につとめています。」と答えます。したがって、「2→4→3→1」の順になり、問題の__★__には3の「つとめて」が入ります。

正確語順：在銀行工作。

由於問的是在哪裡工作，因此回答「～につとめています。／在～工作」。所以正確的順序是「2→4→3→1」，而__★__的部分應填入選項3「つとめて」。

8 Answer ③

中山「リンさんは　休みの　日には　何を　して　いますか。」
リン「そうですね、たいてい＿＿＿＿　__★__　＿＿＿＿　＿＿＿＿。」
1　います　　　　　2　して　　　　　3　を　　　　　4　ゴルフ

中山「林小姐在假日會做些什麼呢？」
林「讓我想想，通常都去打高爾夫球。」

正しい語順：そうですね、たいていゴルフをしています。

「何をしていますか」という問いには「～をしています。」と答えます。この問題では。したがって、最後の3つは「をしています」で決まります。「何（を）」の部分に「ゴルフ」を入れるといいです。「4→3→2→1」の順で、問題の__★__には3の「を」が入ります。

正確語順：讓我想想，通常都去打高爾夫球。

「何をしていますか／做些什麼呢」這樣的問句通常用「～をしています。／通常～」來回答。因此，句尾應依序填入「をしています」這三個選項，至於「何（を）／什麼」的部分則應填入「ゴルフ／高爾夫」。所以，正確的順序是「4→3→2→1」，而__★__的部分應填入選項3「を」。

☑ 語法知識加油站！

▶ 關於動詞時態…

1. 動詞現在式表示現在的事，習慣行為或未來的計畫等；動詞過去式則是用在過去發生的事，經常和「昨日／きのう」（昨天）、「先週／せんしゅう」（上個星期）等表示過去的時間詞一起出現。

2. 「動詞現在式」會用在長期以來的習慣，但不清楚這個習慣是什麼時候開始的；「動詞て形＋います」表示開始養成某動作、行為習慣的時間可能是明確的，也可能是不明確的，也可以用在最近才養成的習慣。

3. 動詞過去式表示過去發生的動作，「動詞て形＋います」表示動作發生完的結果或狀態持續到現在。譬如，蘋果在眼前從樹上掉了下來，這時日語會說「りんごが落ちました」。但如果眼前所看到的蘋果已經是掉在地上的，就會說「りんごが落ちています」。

4. 表示存在的句型：
   - 「～に～があります／います」重點是某處「有什麼」，通常用在傳達新資訊給聽話者時，「が」前面的人事物是聽話者原本不知道的新資訊。
   - 「～は～にあります／います」則表示某個東西「在哪裡」，「は」前面的人事物是談話的主題，通常聽話者也知道的人事物，而「に」前面的場所則是聽話者原本不知道的新資訊。

5. 「ています」跟「ちゅう」兩個文法都表示正在進行某個動作，但「ています」前面要接動詞て形，「ちゅう」前面多半接名詞，接動詞的話要接連用形。

▶ 關於自他動詞…

1. 「が＋自動詞」通常是指自然力量所產生的動作，譬如「ドアが閉まりました」（門關了起來）表示門可能因為風吹，而關了起來；「を＋他動詞」是指某人刻意做的動作，譬如「ドアを閉めました」（把門關起來）表示某人基於某個理由，而把門關起來。

▶ 關於動詞其他用法…

1. 一般來說，敬體用在老師、上司或客戶等對象；常體則用在家人、朋友、晚輩、同學，甚至寵物等。如果使用常體的時機不對，就會顯得不禮貌喔！在 N5 階段，考題形式主要是以敬體為主，其中一個原因，是希望外國人先養成用安全的說法表達日語，比較不會造成不必要誤會。

2. 用動詞修飾名詞時，因為中文翻成「…的…」，所以很多台灣人常多加了一個「の」，但日語中，只有用名詞修飾名詞時，中間才會加「の」。即使日語學習已經進入中高階的人，在說話時也常多說了「の」，這點一定要多加注意喔！

3. 「～たり～たり」用在反覆做行為，譬如「歌ったり踊ったり」（又唱歌又跳舞）表示「唱歌→跳舞→唱歌→跳舞→…」，而「動詞ながら」，表示兩個動作是同時進行的。

因果關係與接續用法

1 文法闖關大挑戰

文法知多少？請完成以下題目，從選項中，選出正確答案，並完成句子。
《答案詳見右下角。》 ➡

1 いちごをたくさんもらった（　　）、半分ジャムにします。
1．から　2．なので

因為收到了很多草莓，所以一半做成草莓醬。
1．から：因為
2．なので：因為

2 この車は、すてきです（　　）、あまり高くありません。
1．が　2．から

這輛車很棒，但價錢卻不太貴。
1．が：但是　2．から：因為

3 地震（　　）電車が止まりました。
1．で　2．て

因為地震所以電車停了下來。
1．で：因為　2．て：X

4 忙しい毎日でしょう（　　）、どうぞお体を大切にしてください。（致老師）
1．が　2．けど

想必您每天都很忙碌，但請保重身體。
1．が：雖然、可是、但…
2．けど：雖然、可是、但…

5 かぎをかけ（　　）出かけました。
1．ないで　2．なくて

沒有鎖門就出門了。
1．ないで：沒…就…；不做…，而做…
2．なくて：因為沒有…

6 野菜は嫌いです（　　）、肉は好きです。
1．が　2．で

我討厭吃蔬菜，但喜歡吃肉。
1．が：但是　2．で：X

答案：（1）1（2）1（3）1（4）1（5）1（6）1

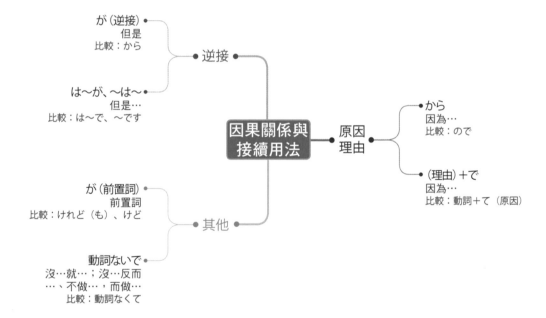

2 因果關係與接續用法總整理

原因理由
□ から 比較 ので
□ (理由) ＋で 比較 動詞＋て (原因)

逆接
□ が (逆接) 比較 から
□ は〜が、〜は〜 比較 は〜で、〜です

其他
□ が (前置詞) 比較 けれど (も)、けど
□ 動詞ないで 比較 動詞なくて

心智圖

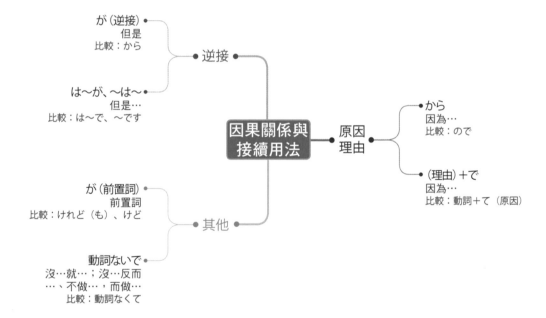

1

から　因為…　　比較　　ので　因為…

【形容詞普通形】＋から。表示原因、理由。一般用在說話人出於個人主觀理由，是種較強烈的意志性表達。

例 彼はビールが好きですから、毎晩飲みます。

因為他喜歡啤酒，所以每天晚上都喝。

【動詞普通形】＋ので。表示原因、理由。一般用在客觀的自然的因果關係，所以也容易推測出結果。前接名詞的時候，要用「名詞＋なので」的形式。

例 暖かくなったので、桜が咲きました。

因為天氣轉暖了，所以櫻花綻放了。

例 明日はテストなので、今日は早く寝ます。

因為明天有考試，所以今天要早睡。

2

〔理由〕＋で　因為…　　比較　　動詞＋て　表原因

【名詞】＋で。「で」前接面表示事情的名詞，用那個名詞來表示後項結果的原因、理由。

例 風邪で学校を休みました。

因為感冒所以沒去學校。

「動詞て形」可表示原因，但其因果關係比「～から」、「～ので」還弱。其他用法：表示並舉了幾個動作或狀態；　表示這些行為動作一個接著一個，按照時間順序進行；表示行為的方法或手段；表示對比。

例 子どもが生まれて、会社を辞めました。

因為生孩子，所以跟公司辭職。

3

が（逆接）　但是…　　比較　　から　因為…

【名詞です（だ）】＋が。表示連接兩個對立的事物，前句跟後句內容是相對立的。

例 仕事は忙しいですが、楽しいです。

工作雖然很忙，但是很有趣。

【形容詞普通形】＋から。表示原因、理由。一般用在說話人出於個人主觀理由，是種較強烈的意志性表達。

例 暑いから、窓を開けてください。

因為很熱，請把窗戶打開。

4

は〜が、〜は〜　但是…

【名詞】＋は＋【名詞です（だ）】＋が、【名詞】＋は。「は」除了提示主題以外，也可以用來區別、比較兩個對立的事物，也就是對照地提示兩種事物。

例 外は寒いですが、部屋は暖かいです。

外面雖然很冷，但房間裡很暖和。

例 彼女は猫が好きですが、僕は犬が好きです。

她喜歡貓，但我喜歡狗。

比較

は〜で、〜です

【名詞】＋は＋【名詞】＋で、【名詞】＋です。名詞句的順接。想連接兩個名詞句，用「は〜で、です」的形式。

例 田中さんは高校生で、女優です。

田中小姐是高中生，也是演員。

5

が（前置詞）

【句子】＋が。當向對方詢問、請求、命令之前，可以用「が」來作為一種開場白使用。

例 すみませんが、近くに銀行はありませんか。

請問一下，附近有銀行嗎？

比較

けれど（も）、けど　雖然、可是、但…

【用言終止形】＋けれど（も）、けど。表示前項和後項的意思或內容是相反的、對比的，屬於逆接用法。

例 このかばんは丈夫だけど、重くて大変です。

這個包包雖然很堅固耐用，不過很重，拿起來很累。

6

動詞ないで
沒…就…；沒…反而…、不做…，而做…

【動詞否定形】＋ないで。表示附帶的狀況，也就是同一個動作主體「在不…的狀態下，做…」的意思；或表示兩件不能同時做的事，沒做前項的事，而做後項的事。

例 宿題をしないで、ゲームをしている。

沒做作業，就在玩電玩。

例 和田さんとは結婚しないで、木村さんと結婚します。

沒有跟和田先生結婚，而跟木村先生結婚。

比較

動詞なくて
因為沒有…、不…所以…

【動詞否定形】＋なくて。表示因果關係。由於無法達成、實現前項的動作，導致後項的發生。

例 話が分からなくて、大変でした。

不懂對方説的話，真是辛苦。

もんだい1

1 先生「あなたは、きのう　なぜ　学校を　やすんだのですか。」
　　 学生「おなかが　いたかった（　　　）です。」
　1　から　　　　　2　より　　　　　3　など　　　　　4　まで

2 山田「田上さん、きょうだいは？」
　　 田上「兄は　います（　　　）、弟は　いません。」
　1　から　　　　　2　ので　　　　　3　で　　　　　4　が

3 弟は　今日　かぜ（　　　）ねて　います。
　1　を　　　　　2　ので　　　　　3　で　　　　　4　へ

4 A「赤い　目を　して　いますね。ゆうべは　何時に　寝ましたか。」
　　 B「ゆうべは　（　　　）　勉強しました。」
　1　寝なくて　　2　寝たくて　　3　寝てより　　4　寝ないで

もんだい2

　日本で　べんきょうして　いる　学生が、「わたしと　パソコン」の　ぶんしょうを　書いて、クラスの　みんなの　前で　読みました。

　　わたしは、まいにち　家で　パソコンを　つかって　います。パソコンは、何かを　しらべる　ときに　とても　**5**　です。
　　出かける　とき、どの　**6**　電車や　地下鉄に　乗るのかを　しらべたり、店の　ばしょを　**7**　します。
　　わたしたち　留学生は、日本の　まちを　あまり　**8**　ので、パソコンが　ないと　とても　**9**　。

5　1　べんり　　2　高い　　3　安い　　4　ぬるい
6　1　学校で　　2　えきで　　3　店で　　4　みちで
7　1　しらべる　　2　しらべよう　　3　しらべて　　4　しらべたり
8　1　しって　いる　　2　おしえない　　3　しらない　　4　あるいて　いる
9　1　むずかしいです　　　　　2　しずかです
　　　3　いいです　　　　　　　4　こまります

もんだい1

1

Answer **1**

先生「あなたは、きのう　なぜ　学校を　やすんだのですか。」
学生「おなかが　いたかった（　　　）です。」

1　から　　　　　　　2　より　　　　　　　3　など　　　　　　4　まで

老師「你昨天為什麼沒來上學呢？」
學生「（因為）我肚子痛。」

「なぜ」は理由をきく疑問詞なので、理由を説明する「から」を使う。例：
　・A：なぜ日本語を勉強しているのですか。
　　B：日本の大学に行きたいからです。
　・A：どうして魚を食べないのですか。
　　B：魚が好きじゃありませんから。
※「なぜ」と「どうして」は同じ。

「なぜ／為什麼」是詢問理由的疑問詞，若是說明理由要用「から／因為～」。例：
　・A：為什麼學習日語呢？
　　B：因為想上日本的大學。
　・A：為什麼不吃魚呢？
　　B：因為不喜歡魚。
※「なぜ」和「どうして／為何」是一樣的意思。

2

Answer **4**

山田「田上さん、きょうだいは？」
田上「兄は　います（　　　）、弟は　いません。」

1　から　　　　　　　2　ので　　　　　　　3　で　　　　　　　4　が

山田「田上先生有兄弟姊妹嗎？」
田上「我（雖然）有哥哥，但是沒有弟弟。」

「兄はいます」「弟はいません」と、文の前後で逆のことを言っているので、逆接を表す助詞「が」を選ぶ。
「は…が、～は…」で対比を表す。例：
　・肉は食べますが、魚は食べません。
　・自転車はありますが、車はありません。

「有哥哥」「沒有弟弟」這樣前後相反的句子要用逆接表現，逆接表現的助詞用「が」。
用「は…が、～は…」表示對比。例：
　・吃肉但是不吃魚。
　・有腳踏車但是沒有汽車。

3

弟は 今日 かぜ（　　　）ねて います。

1 を　　　　2 ので　　　　3 で　　　　4 へ

| 弟弟今天（由於）感冒而在睡覺。

原因・理由を表す「で」。例：
・来週仕事で北京へ行きます。
・地震で窓ガラスが割れました。
《他の選択肢》
　1「風邪を」に続くのは、「引きます」。「風邪を引いて寝ています」なら○。
　2「ので」は原因・理由をあらわす助詞だが、名詞につくとき「ので」は「なので」になる。「風邪なので寝ています」なら○。例：
・雨なので、出かけません。（名詞）
・熱があるので、休みます（動詞）

表示原因、理由用「で」。例：
・因為工作去北京。
・地震導致窗玻璃破裂了。
《其他選項》
　選項1「風邪を／感冒」後面應該接「引きます／罹患」。所以若是「風邪を引いて寝ています／得了感冒正在睡覺」則為正確敘述。
　選項2「ので／因為、由於」是表示原因、理由的助詞，但當接在名詞後面時，「ので」要改為「なので」。所以若是「風邪なので寝ています／因為得了感冒而正在睡覺」則為正確敘述。例：
・因為下雨，就沒外出了。（接在名詞後面的形式）
・因為發燒，所以休息。（接在動詞後面的形式）

4

Answer ❹

A「赤い 目を して いますね。ゆうべは 何時に 寝ましたか。」
B「ゆうべは（　　　）勉強しました。」
1 寝なくて　　　　2 寝たくて　　　　3 寝てより　　　　4 寝ないで

| A「你的眼睛是紅的哦。昨天晚上是幾點睡的呢？」
| B「昨天晚上（沒有睡），一直在讀書。」

「（動詞①ない形）ないで動詞②」で、動詞①の代わりに動詞②をする、ということを表す。例：
・今日は大学に行かないで、家で勉強します。
・お菓子を食べないで、ご飯を食べなさい。
《他の選択肢》
　1「（動詞ない形）なくて」は原因・理由を表す。例：

「（動詞①ない形）ないで動詞②／不（動詞①ない形）而動詞②」的句型表示不做動詞①而改做動詞②。例：
・今天不去大學，（而）在家裡唸書。
・別吃零食，（而）來吃飯！
《其他選項》
　選項1「（動詞ない形）なくて／無法（（動詞ない形））」表示原因、理由。例：

・子どもが寝なくて、困っています。

・宿題の作文が書けなくて、泣きたくなりました。

1 意味から考えて「寝ない」ことは「勉強した」ことの理由にはならないので×。

2 「寝たくて」も原因・理由を表す。例：

・音が小さくて、聞こえません。

・あなたに会いたくて来ました。

これも意味から考えて×。

3 「寝てより」という言い方はない。「〜より〜（の方）が」なら「寝る（動詞辞書形）より」。このとき文末は「寝るより勉強した方がいいです」など。

※「（動詞①ない形）で動詞②」には、もうひとつの使い方があるので、覚えよう。

「（動詞①ない形）で動詞②」で、動詞②が動詞①の状態で行われる、ということを表す。例：

・電気をつけないで寝ます。

・コーヒーは砂糖を入れないで飲みます。

※「（動詞①て形）て、動詞②」も同じ。

例：

・電気をつけて寝ます。

・コーヒーは砂糖を入れて飲みます。

・孩子一直不睡覺，讓我很困擾。

・習題的作文寫不出來，快要哭了。

選項1 從語意思考，「寝ない／不睡覺」並不是「勉強した／用功了」的理由，所以不是正確答案。

選項2「寝たくて／想睡」也是表原因、理由。

例：

・聲音太小聽不見。

・因為太想見你所以來了。

・從語意思考，選項2同樣不是正確答案。

選項3 沒有「寝てより」這種說法。如果要用「〜より〜（の方）が／與其〜還不如〜（來得）」的句型，應該是「寝る（動詞辞書形）より／與其睡覺」。此時句尾應該是「寝るより勉強した方がいいです／與其睡覺不如用功來得好」。

※ 也請順便記住「（動詞①ない形）で動詞②」的另一種用法吧！

「（動詞①ない形）で動詞②」亦可表示動詞②在動詞①的狀態下進行。例：

・不開燈睡覺。（亦即，在不開燈的狀態下睡覺）

・咖啡喝不加糖的。（亦即，通常喝無糖咖啡）

※「（動詞①て形）て、動詞②」的用法也相同。例：

・開著燈睡覺。

・咖啡喝加糖的。（亦即，通常喝摻糖咖啡）

もんだい 2

5 ～ 9

日本で　べんきょうして　いる　学生（がくせい）が、「わたしと　パソコン」の　ぶんしょうを　書（か）いて、クラスの　みんなの　前（まえ）で　読（よ）みました。

わたしは、まいにち　家（いえ）で　パソコンを　つかって　います。パソコンは、何（なに）かを　しらべる　ときに　とても　5　です。

出（で）かける　とき、どの　6　電車（でんしゃ）や　地下鉄（ちかてつ）に　乗（の）るのかを　しらべたり、店（みせ）の　ばしょを　7　します。

わたしたち　留学生（りゅうがくせい）は、日本（にほん）の　まちを　あまり　8　ので、パソコンが　ないと　とても　9　。

在日本留學的學生以〈我和電腦〉為題名寫了一篇文章，並且在班上同學的面前誦讀給大家聽。
我每天都在家裡使用電腦。需要查詢資料時，電腦非常便利。
要外出的時候，可以先查到應該在哪個車站搭電車或地鐵，或者是店家的位置。
我們留學生對日本的交通道路不太熟悉，所以如果沒有電腦，實在非常傷腦筋。

5 Answer ❶

1　べんり	2　高（たか）い	3　安（やす）い	4　ぬるい
1　便利	2　昂貴	3　便宜	4　溫和

「何（なに）かを調（しら）べるときに」とあるので、意味（いみ）を考（かんが）えて「便利（べんり）」が○。

※「とき（に）」の使（つか）い方（かた）。例（れい）：

・わたしは、新聞（しんぶん）を読（よ）むとき（に）、めがねをかけます。

・この時計（とけい）は、日本（にほん）へ来（く）るとき（に）、父（ちち）にもらいました。

文中提到「何かを調べるときに／當查詢資料時」，從句意而言，以「便利」最正確答案。

※「とき（に）」的使用方法。例：

・我在閱讀報紙時會戴眼鏡。

・這只錶是我來日本時，爸爸送我的。

6 Answer ❷

1　学校（がっこう）で	2　えきで	3　店（みせ）で	4　みちで
1　在學校	2　在車站	3　在商店	4　在街上

「（で）電車（でんしゃ）や地下鉄（ちかてつ）に乗（の）ります」という文（ぶん）。「で」は動作（どうさ）をする場所（ばしょ）を表（あらわ）す。「電車（でんしゃ）や地下鉄（ちかてつ）に乗（の）る」場所（ばしょ）は駅（えき）なので、2が○。

「（で）電車や地下鉄に乗ります／（在～）乘坐電車或地下鐵」這個句子中，「で」是表示動作發生的場所，而「電車や地下鉄に乗ります」的場所是車站，因此正確選項為2「えきで」。

1　しらべる	2　しらべよう	3　しらべて	4　しらべたり

「〜たり、〜たりします」の文。
※「〜」に入るのは文の中のどこからか、気をつけよう。→「どの乗り物に乗るのかを調べ」たり、「店の場所を調べ」たりします。

這裡使用「〜たり、〜たりします／又〜又〜／一下子〜一下子〜」的句型。
※請注意「〜」的部分放在句中的什麼地方→一下子「どの乗り物に乗るのかを調べ／查詢搭乘哪種交通工具」，一下子「店の場所を調べ／查詢店家的位置」。

1　しって　いる	2　おしえない	3　しらない	4　あるいて　いる
1　熟悉	2　不教導	3　不熟悉	4　正在走路

「あまり」に続くので、否定形を選ぶ。否定形は2か3。2教えないは文の意味が合わない。

「あまり／太」後面需接否定形。而選項2跟選項3都是否定型，但選項2「教えない／不告訴」的意思並不符合，因此正確答案是選項3「しらない／不知道」。

1　むずかしいです	2　しずかです	3　いいです	4　こまります
1　困難	2　安静	3　良好	4　傷腦筋

《他の選択肢》1難しいです2静かです「パソコンがないと〜」は、「パソコンがないとき、いつも〜」という意味。意味から考えると、1か4が○。この文の主語は「わたしたち留学生は」なので、1難しいですは不自然。
　×わたしは、（漢字がわからないと）難しいです。
　○わたしは、（漢字がわからないと）困ります。
　○漢字の勉強は、難しいです。

《其他選項》選項1「難しいです／困難」、選項2「静かです／安静」，「パソコンがないと〜／沒有電腦的話〜」意思就是「パソコンがないとき、いつも〜／當沒有電腦的時候，總是〜」。就文意來說，以選項1和選項4的意思較適切。又，這句話的主語是「わたしたち留学生は／我們留學生」，所以選項1「難しいです」不符合文意。
　×我（如果不懂漢字會）覺得困難。
　○我（如果不懂漢字會）覺得困擾。
　○學習漢字很困難。

1 文法闖關大挑戰

文法知多少？請完成以下題目，從選項中，選出正確答案，並完成句子。
《答案詳見右下角。》 ➡

1 私がテレビを見ている（　　）、友達が来ました。
　1. とき　2. てから

我在看電視的時候，朋友來了。
1. とき：…的時候
2. てから：先做…，然後再做…；從…

2 写真を見（　　）返しました。
　1. てから
　2. ながら

看完照片後歸還了。
1. てから：先做…，然後再做…；從…
2. ながら：一邊…一邊…

3 大学を（　　）、もう 10 年たちました。
　1. 出たあとで　2. 出てから

從大學畢業，已過了 10 年。
1. 出たあとで：離開後…
2. 出てから：從離開…；先離開…，再…

4 郵便局に（　　）、手紙を出します。
　1. 行って　2. 行ってから

去郵局寄信。
1. 行って：去…
2. 行ってから：先去…，再…

5 （　　）、歯を磨きます。
　1. 寝る前に
　2. 寝たあとで

睡覺之前，會先刷牙。
1. 寝る前に：睡覺之前…
2. 寝たあとで：睡覺後…

6 会議（　　）、資料をコピーします。
　1. のあとで　2. の前に

開會前，先影印資料。
1. のあとで：之後…
2. の前に：之前…

答案：（1）1 （2）1 （3）2 （4）1 （5）1 （6）2

2 時間關係總整理

動詞＋時間用法
□ 動詞てから　比較　動詞ながら
□ 動詞たあとで　比較　動詞てから
□ 動詞＋て　比較　動詞てから
□ 動詞まえに　比較　動詞たあとで

其他
□ 名詞まえに　比較　名詞＋の＋あとで
□ ごろ、ころ　比較　ぐらい、くらい
□ （時間）＋に　比較　までに
□ すぎ、まえ　比較　〔時間〕＋に

表時間狀態
□ とき　比較　動詞てから
□ ちゅう　比較　じゅう
□ もう＋肯定　比較　まだ＋否定
□ まだ＋肯定　比較　もう＋否定

心智圖

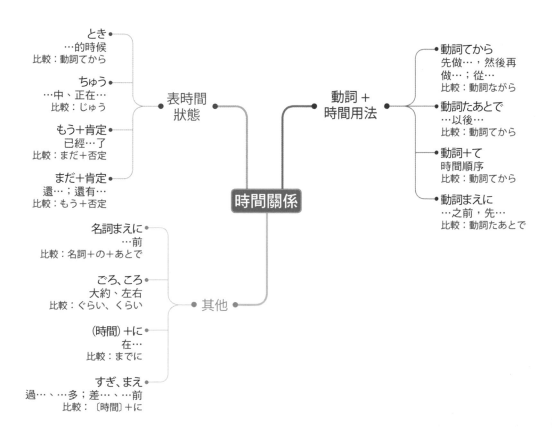

1

| **動詞てから**
先做…，然後再做…；從… | 比較 | **動詞ながら**
一邊…一邊… |

【動詞て形】＋から。表示動作順序，強調先做前項的動作或成立後，再進行後句的動作，如例句。請注意，「てから」在一個句子中，只能出現一次。也可表示某動作、持續狀態的起點。

例 映画を見てからフランス料理を食べに行きましょう。

先看電影，再去吃法國料理吧！

【動詞ます形】＋ながら。表示同一主體同時進行兩個動作，此時後面的動作是主要的動作，前面的動作為伴隨的次要動作，如例句；也可使用於長時間狀態下，所同時進行的動作。

例 ＭＰ３を聞きながら、勉強しています。

邊聽 MP3，邊看書。

2

| **動詞たあとで**
…以後… | 比較 | **動詞てから**
先做…，然後再做…；從… |

【動詞た形＋】あとで。表示前項的動作做完後，做後項的動作。是一種按照時間順序，客觀敘述事情發生經過的表現，而前後兩項動作相隔一定的時間發生。

例 授業が終わったあとで、友達とお台場に行きます。

下課後，跟朋友去台場。

【動詞て形】＋から。表示動作順序，強調先做前項的動作或成立後，再進行後句的動作，如例句。請注意，「てから」在一個句子中，只能出現一次。也可表示某動作、持續狀態的起點。

例 野菜を切ってから、肉を切ります。

先切蔬菜，再切肉。

3

| **動詞＋て（時間順序）**
時間順序 | 比較 | **動詞てから**
先做…，然後再做…；從… |

「動詞て形」用於連接行為動作的短句時，表示這些行為動作一個接著一個，按照時間順序進行，可以連結兩個動作以上，如例句；或單純連接前後短句成一個句子，表示並舉了幾個動作或狀態；另外，可表示行為的方法或手段；或表示原因，但其因果關係比「〜から」、「〜ので」還弱；表示對比。

例 浴衣を着て、花火大会に行きます。

穿上浴衣去看煙火大會。

【動詞て形】＋から。表示動作順序，強調先做前項的動作或成立後，再進行後句的動作，如例句。請注意，「てから」在一個句子中，只能出現一次。也可表示某動作、持續狀態的起點。

例 運動してからシャワーを浴びます。

先運動，再沖澡。

4

| 動詞まえに …之前，先… | 比較 | 動詞たあとで …以後… |

【動詞辭書形】＋まえに。表示動作的順序，也就是做前項動作之前，先做後項的動作；即使句尾動詞是過去式，「まえに」前面也必須接動詞連體形。

例 学校に行く前に30分ぐらいジョギングをします。

上課前，會先慢跑約 30 分鐘。

例 私は昨日、寝る前にビールを飲みました。

我昨天，睡覺前喝了啤酒。

【動詞た形＋ 】あとで。表示前項的動作做完後，做後項的動作。是一種按照時間順序，客觀敘述事情發生經過的表現，而前後兩項動作相隔一定的時間發生。

例 晩ご飯を食べたあとで、散歩に行きます。

吃完晚飯後，去散步。

5

| とき …的時候 | 比較 | 動詞てから 先做…，然後再做…；從… |

「動詞普通形＋とき」、「形容動詞＋な＋とき」、「形容詞＋とき」、「名詞＋の＋とき」表示在前項的狀態下，同時進行後項動作；「とき」前後的動詞時態也可能不同，「動詞過去式＋とき」後接現在式，表示實現前者後，後者才成立；「動詞現在式＋とき」後接過去式，表示後者比前者早發生。

例 道を渡るときは、車に気をつけましょう。

過馬路的時候，要小心車子。

例 100点を取ったときは、うれしいです。

考 100 分的時候，很高興。

例 日本へ行くとき、カメラを買いました。

要去日本的時候，買了照相機。

【動詞て形】＋から。表示動作順序，強調先做前項的動作或成立後，再進行後句的動作；也可表示某動作、持續狀態的起點。

例 兄は運動をしてからビールを飲みます。

哥哥先運動，然後再喝啤酒。

例 彼は、テレビに出てから有名になりました。

他自從在電視出現後，就開始有名氣了。

6

ちゅう …中、正在… 比較 じゅう 整個…；…內

「ちゅう」是接尾詞，漢字寫成「中」。表示此時此刻正在做某件事情，前面通常要接名詞；也會搭配某幾個動詞，這時要接動詞連用形，譬如「考え中／かんがえちゅう」（思考中）、「話し中／はなしちゅう」（談話中）等。

例 今、店は準備中です。

　　店裡現在準備中。

【動作性名詞】＋じゅう。「じゅう」是接尾詞，漢字寫成「中」。前面接時間，表示這整段時間；或指這段期間以內；前面接場所，表示在這整個範圍、空間裡。

例 今年中に結婚するつもりです。

　　預計今年內結婚。

例 千葉さんは学校中の人気者です。

　　千葉同學是學校裡的紅人。

7

もう＋肯定 已經…了 比較 まだ＋否定 還（沒有）…

もう＋【動詞た形】。和動詞句一起使用，表示行為、事情到某個時間已經完了。用在疑問句的時候，表示詢問完或沒完。

例 メールはもう書きました。

　　電子郵件已經寫好了。

例 もう荷物を送りましたか。

　　貨物已經寄出去了嗎？

まだ＋【否定表達方式】。表示預定的事情或狀態，到現在都還沒進行，或沒有完成。

例 昼ご飯はまだ食べていません。

　　還沒有吃午餐。

8

まだ＋肯定 還…；還有… 比較 もう＋否定 已經不…了

まだ＋【肯定表達方式】。表示同樣的狀態，從過去到現在一直持續著；也表示還留有某些時間或東西。

例 4月になりましたが、まだ寒いです。

　　已經4月了，還很冷。

例 時間はまだあります。

　　還有時間。

もう＋【否定表達方式】。後接否定的表達方式，表示不能繼續某種狀態了。一般多用於感情方面達到相當程度。

例 もう時間がないから、早く行きましょう。

　　已經沒有時間了，快走吧！

9

| 名詞＋の＋まえに …前 | 比較 | 名詞＋の＋あとで …後 |

【名詞】＋の＋まえに。表示空間上的前面；或做某事之前先進行後項行為；時間名詞後面接「まえ（…前）」的時候，不會加「の」。

例 駅の前に銀行があります。

車站前有銀行。

例 ご飯の前には、「いただきます」と言います。

吃飯前，要説「我開動了」。

例 彼は１年前にアメリカに行きました。

他１年前去了美國。

【名詞】＋の＋あとで。表示完成前項事情之後，進行後項行為。

例 パーティーのあとで、デートに行きます。

派對結束後，去約會。

10

| ごろ、ころ 大約、左右 | 比較 | ぐらい、くらい 大約、左右、上下；和…一樣… |

【名詞】＋ごろ。表示大概的時間點，一般只接在年、月、日，和鐘點等的詞後面。

例 彼は９時ごろ帰りました。

他９點左右回去。

【數量詞】＋ぐらい、くらい。一般用在無法預估正確的數量，或是數量不明確的時候；或用於對某段時間長度的推測、估計；也可表示兩者的程度相同，常搭配「と同じ」。

例 １週間に２回ぐらいお酒を飲みに行きます。

我大約一星期去喝個２次酒。

例 風邪で１週間ぐらい学校を休みました。

因為感冒，跟學校大約請了一個星期的假。

例 台北の冬は福建の冬と同じぐらい寒いですか。

台北的冬天跟福建的冬天大約一樣冷嗎？

11

| 〔時間〕＋に　在… | 比較 | までに　在…之前、到…為止 |

【時間詞】＋に。幾點啦！星期幾啦！幾月幾號做什麼事啦！表示動作、作用的時間就用「に」。

例 今日は10時に寝ます。

　　今天10點睡覺。

【名詞】＋までに。前面接表示時間的名詞，表示動作或事情的截止日期或期限。

例 今月の末までに、新しい家を見つけたいです。

　　我想在月底以前，找到一間新房子。

12

| すぎ、まえ　過…、…多；差…、…前 | 比較 | 〔時間〕＋に　在… |

【時間名詞】＋すぎ、まえ。接尾詞「すぎ」，接在表示時間名詞後面，表示比那時間稍後；接尾詞「まえ」，接在表示時間名詞後面，表示那段時間之前。

例 今、9時すぎです。

　　現在9點多。

例 今日は7時前に出かけました。

　　今天7點前出了門。

【時間詞】＋に。幾點啦！星期幾啦！幾月幾號做什麼事啦！表示動作、作用的時間就用「に」。

例 土曜日に友達と会います。

　　星期六要跟朋友見面。

Memo

もんだい1

1 夕飯を たべた（　　　）おふろに 入ります。

1 まま　　　　　2 まえに　　　　3 すぎ　　　　4 あとで

2 母「しゅくだいは（　　　）おわりましたか。」
　子ども「あと すこしで おわります。」

1 まだ　　　　　2 もう　　　　　3 ずっと　　　　4 なぜ

3 こんなに むずかしい もんだいは だれ（　　　）できません。

1 も　　　　　　2 まで　　　　　3 さえ　　　　4 が

4 ねる（　　　）はを みがきましょう。

1 まえから　　　2 まえに　　　　3 のまえに　　　4 まえを

5 へやの そうじを して（　　　）出かけます。

1 から　　　　　2 まで　　　　　3 ので　　　　4 より

もんだい2

6 A「けさは ＿＿＿＿ ＿★＿ ＿＿＿＿ ＿＿＿＿か。」
　B「7時半です。」

1 おき　　　　　2 に　　　　　　3 なんじ　　　4 ました

7 A「まだ えいがは はじまらないのですか。」
　B「そうですね。＿＿＿＿ ＿＿＿＿ ＿★＿ ＿＿＿＿ます。」

1 ほどで　　　　2 10分　　　　　3 はじまり　　　4 あと

8 ＿＿＿＿ ＿＿＿＿ ＿★＿ ＿＿＿＿ あそびます。

1 して　　　　　2 しゅくだい　3 を　　　　　4 から

もんだい 1

1 Answer **4**

夕飯を　たべた（　　　）　おふろに　入ります。

1　まま　　　　　　2　まえに　　　　　3　すぎ　　　　　　4　あとで

| 吃完晚餐（之後）去洗澡。

「A（動詞過去形）あとで、B（動詞）」。ひとつの動作Aの後に、別の動作Bを行うことを表す。BをするのはAの前ではなく、後であるということを言いたいときの言い方。例：

・勉強したあとで、テレビを見ます。

・家を出たあとで、雨が降ってきました。

※「（名詞）のあとで、（動詞）」という言い方も覚えよう。例：

　・スポーツのあとで、シャワーを浴びます。

　・仕事のあとで、映画を見ませんか。

2「まえに」は、「A（動詞辞書形）まえに、B（動詞）」となり、BをするのはAの後ではなく、前であるということを言いたいときの言い方。例：

　・寝る前に、歯を磨きます。

「A（動詞過去式）あとで、B（動詞）」表示在A動作之後做另一個動作B。這種敘述方式用來表達動作B動作不是在A動作之前做的，而是在A動作之後做的。例：

　・念完書後看電視。

　・出門後就開始下雨了。

※請順便記下「（名詞）のあとで、（動詞）／在（名詞）之後，（動詞）」的句型吧！例：

　・運動後淋浴。

　・工作結束後要不要看個電影呢？

選項2「在～之前」用於句型「A（動詞辭書形）まえに、B（動詞）」，這種敘述方式用來表達B動作不是在A動作之後做的，而是在A動作之前做的。例：

　・在睡覺前刷牙。

2 Answer **2**

母「しゅくだいは（　　　）　おわりましたか。」
子ども「あと　すこしで　おわります。」

1　まだ　　　　　　2　もう　　　　　　3　ずっと　　　　　4　なぜ

| 媽媽「功課（已經）做完了嗎？」
| 小孩「只剩一點點就做完了。」

「もう（動詞）ました」の形で、（動詞）の行為が完了していることを表す。

「もう～ましたか。」という質問には、「は

「もう（動詞）ました／已經（動詞）了」的句型用來表示（動詞）的動作已經結束了。

當被問到「もう～ましたか。／已經～了嗎？」

い、もう～ました。」「いいえ、まだで
す。」と答える。問題文の子どもの答え
は、「いいえ、まだです。あと少しで終
わります。」となる。例：
　・A：昼ごはんは、もう食べましたか。
　　B：はい、もう食べました。
「もう」は動詞の直前でなくてもよい。
例：
　・A：もうこの本を読みましたか。
　　B：いいえ、まだです。これから読み
　　　　ます。

的時候，應該回答「はい、もう～ました。／是，
已經～了。」或「いいえ、まだです。／不，還
沒有。」本題中，兒童的回答應該是「いいえ、
まだです。あと少しで終わります。／不，還沒
有。再一下子就做完了。」例：
　・A：午餐已經吃過了嗎？
　　B：是的，已經吃過了。
「もう」也可以不直接放在動詞之前。例：
　・A：這本書已經讀完了嗎？
　　B：不，還沒。現在才要開始讀。

3　　　　　　　　　　　　　　　　　　　　　　Answer ❶

こんなに　むずかしい　もんだいは　だれ（　　　）　できません。
1　も　　　　　　　2　まで　　　　　　3　さえ　　　　　　4　が
| 這麼困難的題目誰（都）不會做。

「疑問詞（だれ・なに・どこ…）も～ない」。
否定形とともに、全然ないことを表す。
例：
　・朝から何も食べていません。
　・A：日曜日、どこか行きましたか。
　　B：はい、デパートへ行きました。
　　C：私はアルバイトがあって、どこも
　　　　行けませんでした。

「疑問詞（だれ、なに、どこ…）も～ない／疑
問詞（誰、什麼、哪裡・）也～沒有」後接否定
形表示完全否定的意思。例：
　・從早上開始就什麼都沒吃。
　・A：「星期天去了哪裡嗎？」
　　B：「我去了百貨公司。」
　　C：「我那天有打工，哪裡都去不了。」

4　　　　　　　　　　　　　　　　　　　　　　Answer ❷

ねる　（　　　）　はを　みがきましょう。
1　まえから　　　　2　まえに　　　　　3　のまえに　　　4　まえを
| 在睡覺（前）要刷牙喔！

時間を表す助詞「に」。「（動詞辞書形）
前に」で、2つの動作の前後を表す。例：

表示時間的助詞用「に」。表示兩的動作有前後
順序之分時用「（動詞辞書形）前に」。例：

・友達が来る前に部屋を掃除します。	・在朋友來之前打掃房間。
・雨が降る前に帰りましょう。	・在下雨前回家吧！
※「（名詞）の前に」や「（期間を表すことば）前に」も覚えよう。例：	※一起記住「（名詞）的前に」跟「（表示時間的用語）前に」吧！例：※
・食事の前に手を洗います。	・在吃飯前洗手。
・テストの前に勉強しました。（名詞）	・在考試前用功唸了書。（名詞）
・2年前に日本に来ました。	・兩年前來日本。
・手紙は3日前に出しました。（期間）	・信已經在3天前寄出了。（期間）

---

5 Answer **1**

> へやの　そうじを　して（　　　）出かけます。
> 1　から　　　　　　2　まで　　　　　　3　ので　　　　　4　より
> 先打掃完房間（之後）再出門。

1つの文の中に「掃除をします」と「出かけます」という2つの動詞がある。「（動詞て形）から（動詞）」で、2つの動作の前後関係を表す。例：	在一個句子當中，同時出現「掃除をします／打掃」和「出かけます／出門」兩個動詞。藉由「（動詞て形）から（動詞）／（動詞て形）之後（動詞）」的句型表示兩個動作的前後關係。例：
・宿題をしてから、晩ご飯を食べます。	・功課做完後再吃晚餐。
・切符を買ってから入ってください。	・請先買好票再進場

もんだい2

6 Answer **2**

> A「けさは　＿＿＿　＿★＿　＿＿＿　＿＿＿か。」
> B「7時半です。」
> 1　おき　　　　　　2　に　　　　　　　3　なんじ　　　　4　ました
> A「今天早上是<u>幾點起床</u>的呢？」
> B「七點半。」

正しい語順：けさはなんじにおきましたか。	正確語順：今天早上是幾點起床的呢？
何かをした時刻を聞くときは「なんじに～しましたか。」と言いますので、「けさは」の後には、「なんじに」が入ります。「か」	當詢問做某事的時間點，要用「なんじに～しましたか。／是在幾點做了～呢？」的句型。因此「けさは／今天早上」之後應接「なんじに／是在幾點」。而「か」之前應填入「ました／了」，

の前には「ました」が入るので、その前に「おき」を入れると、「けさはなんじにおきましたか。」となります。つまり、「3→2→1→4」の順になり、___★___ には2の「に」が入ります。

若前面再加入「おき／起床」，連接起來就是「けさはなんじにおきましたか。／今天早上幾點起床呢？」。換句話說，正確順序是「3→2→1→4」，而___★___ 的部分應填入選項2「に」。

7

Answer ❶

A「まだ えいがは はじまらないのですか。」
B「そうですね。_____ _____ ___★___ _____ます。」
1 ほどで　　　　2 10分（ぷん）　　　3 はじまり　　　4 あと

A「請問電影還沒有開演嗎？」
B「是呀，<u>再十分鐘左右會開演</u>。」

正（ただ）しい語順（ごじゅん）：そうですね。あと10分（ぷん）ほどで始（はじ）まります。

まず、最後（さいご）の「ます」の前（まえ）には「はじまり」が入（はい）ります。「ほど」は、数量（すうりょう）などの後（あと）につけて、「だいたい」という意味（いみ）を表（あらわ）しますので、「10分（ぷん）」の後（あと）に入（い）れます。「あと」は、「今（いま）から」という意味（いみ）を表（あらわ）しますので、「あと10分（ぷん）ほどで」と続（つづ）きます。そう考（かんが）えていくと、「4→2→1→3」の順（じゅん）で、問題（もんだい）の___★___ には1の「ほどで」が入（はい）ります。

正確語順：是啊，再10分鐘左右會開演。

首先，句尾的「ます」前面應填入「はじまり／開演」。「ほど／左右」需接在數量之後，表示「だいたい／大約、差不多」的意思，所以應該接在「10分／10分鐘」之後。而「あと／再」是表示「今から／從現在開始」的意思，連接起來就是「あと10分ほどで／再10分鐘左右」。所以正確的順序是「4→2→1→3」，而___★___ 的部分應填入選項1「ほどで」。

8

Answer ❶

_____ _____ ___★___ _____ あそびます。
1 して　　　　　　2 しゅくだい　　　3 を　　　　　　　4 から

<u>先做功課以後再玩</u>。

正（ただ）しい語順（ごじゅん）：宿題（しゅくだい）をしてから遊（あそ）びます。

「を」は名詞（めいし）について目的（もくてき）を表（あらわ）し、「～を食（た）べる」「～をする」などと使（つか）います。ここでは、「しゅくだいを」となります。

正確語順：先做功課以後再玩。

「を」前接表目的語的名詞，像是「～を食べる／吃…」「～をする／做…」，而在本題中，應是「しゅくだいを／作業」。「から」表示前後

「から」は、前後関係を表し、「しゅくだいをしたあとで」というときは、「しゅくだいをしてから」と言います。こう考えると、「2→3→1→4」の順で、問題の＿★＿には1の「して」が入ります。

關係，因此要表達「しゅくだいをしたあとで／做完功課以後」時，可以用「しゅくだいをしてから／先做功課」。如此一來順序就是「2→3→1→4」，＿★＿的部分應填入選項1「して」。

☑ **語法知識加油站！**

▶ **關於時間關係的用法⋯**

1. 把這些時間關係再整理一次！
- 「とき」前接動詞時，要用動詞普通形，前、後項是同時發生的事，也可能前項比後項早發生或晚發生
- 「動詞て形＋から」一定是先做前項的動作，再做後句的動作，而且前後兩個動作的關連性比較強。
- 「たあとで」前面要接動詞た形，表示先做前項，再做後項，單純強調時間的先後關係。
- 「のあとで」表示先做前項，再做後項
- 「まえに」前面要接動詞連體形，表示做前項之前，先做後項
- 「のまえに」表示做前項之前，先做後項。
- 「ながら」前面接動詞ます形，前後的事態是同時發生

2. 表示時間的估計時：
- 「ごろ、ころ」前面只能接某個特定的時間點，前接時間點時，「ごろ、ころ」後面的「に」可以省略
- 「ぐらい、くらい」前面可以接一段時間，或是某個時間點。前接時間點時，「ぐらい、くらい」後面的「に」一定要留著。

3. 「すぎ、まえ」是名詞的接尾詞，表示在某個時間基準點的後或前；「〔時間〕＋に」的「に」是助詞，表示某個時間點。「7時10分」後面接「すぎ、まえ」或「に」都有可能，但要注意時間點跟「です」之間，不能放「に」喔！
- ○ 7時10分すぎです
- ○ 7時10分まえです
- ○ 7時10分に出ます
- × 7時10分にです

4. 「〔時間〕＋に」表示某個時間點，而「までに」則表示期限，指的是「到某個時間點為止或在那之前」。

5. 「ちゅう」意思是「正在⋯」；「じゅう、ちゅう」意思是「整個⋯；⋯之內」。

6. 如果問句問「もう～ましたか」（已經⋯了嗎），肯定回答用「はい、もう～ました」（是的，已經⋯了）；否定回答用「いいえ、まだ～ていません」（不，還沒⋯）。

變化、希望、請求、打算的說法

1 文法闖關大挑戰

文法知多少？請完成以下題目，從選項中，選出正確答案，並完成句子。
《答案詳見右下角。》

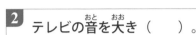

1
太郎は大学生（　　）。
1. になりました
2. にしました

太郎成為大學生了。
1. になりました：成為…了
2. にしました：使…成為…了

2
テレビの音を大き（　　）。
1. くなります
2. くします

把電視的聲音開大一點。
1. くなります：變… 2. くします：把…弄…

3
日本語が上手（　　）。
1. になりました
2. にしました

日語變好了。
1. になりました：變…
2. にしました：把…弄…了

4
私は京都へ（　　）です。
1. 行きたい
2. 行ってほしい

我想去京都。
1. 行きたい：想去
2. 行ってほしい：希望你去

5
かわいいハンカチ（　　）です。
1. がほしい
2. をください

我想要可愛的手帕。
1. がほしい：想要…
2. をください：給我…

6
この問題を教え（　　）か。
1. てください
2. てくださいません

這道問題能不能請您教我呢？
1. てください：請…
2. てくださいませんか：能不能請您…

7
ここでたばこを吸わ（　　）。
1. てください
2. ないでください

請不要在這裡抽煙。
1. てください：請…
2. ないでください：請不要…

8
来週台湾に（　　）です。
1. 帰るつもり
2. 帰ろうと思います

我打算下週回台灣。
1. 帰るつもり：打算回去
2. 帰ろうと思います：我想回去

答案：(1) 1　(2) 2　(3) 1　(4) 1
(5) 1　(6) 2　(7) 2　(8) 1

變化
□ 名詞に＋なります 比較 名詞に＋します
□ 形容詞く＋なります 比較 形容詞く＋します
□ 形容動詞に＋なります 比較 形容動詞に＋します

希望
□ 動詞たい 比較 てほしい
□ がほしい 比較 をください

請求
□ てください 比較 てくださいませんか
□ ないでください 比較 てください

打算
□ つもり 比較 （よ）うと思う

▸心智圖
- -

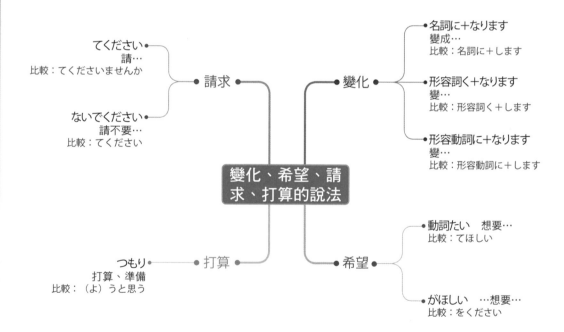

1

| 名詞に＋なります
變成… | 比較 | 名詞に＋します
讓…變成…、使其成為… |

【名詞】＋に＋なります。表示在無意識中，事態本身產生的自然變化，這種變化並非人為有意圖性的；即使變化是人為造成的，若重點不在「誰改變的」，也可用此文法。

例 今年、30 歳になりました。

今年 30 歲了。

例 今日から部長になりました。

今天開始擔任部長了。

【名詞】＋に＋します。表示人為有意圖性的施加作用，而產生變化。

例 髪を茶色にします。

把頭髮染成茶褐色。

2

| 形容詞く＋なります　變… | 比較 | 形容詞く＋します　使變成… |

【形容詞詞幹】＋く＋なります。形容詞後面接「なります」，要把詞尾的「い」變成「く」。表示事物本身產生的自然變化，這種變化並非人為意圖性的施加作用；即使變化是人為造成的，若重點不在「誰改變的」，也可用此文法。

例 古くなった服をすてました。

把已經舊了的衣服丟掉。

例 成績がよくなりました。

成績變好了。

【形容詞詞幹】＋く＋します。形容詞後面接「します」，要把詞尾的「い」變成「く」。表示人為的有意圖性的施加作用，而產生變化。

例 部屋を明るくします。

把房間裡弄亮一點。

3

| 形容動詞に＋なります　變… | 比較 | 形容動詞に＋します　使變成… |

【形容動詞詞幹】＋に＋なります。形容詞後面接「なります」，要把語尾的「だ」變成「に」。表示事物的變化不是人為有意圖性的，是在無意識中物體本身產生的自然變化。

例 子どもが元気になりました。

小孩恢復健康了。

【形容動詞詞幹】＋に＋します。形容動詞後面接「します」，要把詞尾的「だ」變成「に」。表示人為的有意圖性的施加作用，而產生變化。

例 部屋をきれいにしました。

把房間打掃乾淨。

4

動詞たい　想要…

比較

てほしい　希望你…

【動詞ます形】＋たい。表示說話人內心希望某一行為能實現，或是強烈的願望。使用他動詞時，常將原本搭配的助詞「を」，改成助詞「が」。用於疑問句時，表示聽話者的願望。

例 あの子とデートがしたいです。

　想跟那個女孩約會。

例 どんな映画が見たいですか。

　你想看什麼樣的電影呢？

【動詞て形】＋ほしい。表示說話者希望對方能做某件事情，或是提出要求。

例 電話でピザを注文してほしいです。

　我希望你打電話叫比薩。

5

がほしい　…想要…

比較

をください　我要…、給我…

【名詞】＋が＋ほしい。表示說話人想要把什麼東西弄到手。「ほしい」是表示感情的形容詞。希望得到的東西，用「が」來表示。用在疑問句時，表示詢問聽話者的希望。用於否定句時，「が」會改成「は」。

例 私はスマホがほしいです。

　我想要智慧型手機。

例 今は子どもはほしくありません。

　現在不想要小孩。

【名詞】＋を＋ください。表示買東西或點菜等時，想要什麼，跟某人要求某事物；要加上數量用「名詞＋を＋數量＋ください」的形式。

例 これをください。

　請給我這個。

例 コーラを二つください。

　請給我兩杯可樂。

6

てください　請…

比較

てくださいませんか　能不能請您…

【動詞て形】＋ください。表示請求、指示或命令某人做某事。一般常用在老師對學生、上司對部屬、醫生對病人等指示、命令的時候。

例 名前を書いてください。

　請寫名字。

【動詞て形】＋くださいませんか。表示請求，由於請求的內容給對方負擔較大，因此有婉轉地詢問對方是否願意的語氣。也使用於向長輩等上位者請託的時候。

例 もう一度説明してくださいませんか。

　能不能請您再說明一次呢？

7

ないでください　請不要…　比較

【動詞否定形】＋ないでください。表示請求對方不要做某事，如例句。另外，還有更委婉的說法是「動詞ない形＋ないでくださいませんか」，表示婉轉請求對方不要做某事。

例 写真を撮らないでください。

請不要拍照。

てください　請…

【動詞て形】＋ください。表示請求、指示或命令某人做某事。一般常用在老師對學生、上司對部屬、醫生對病人等指示、命令的時候。

例 テープの会話を聞いてください。

請聽錄音帶的會話。

8

つもり　打算、準備　比較

【動詞辭書形】＋つもり。表示打算做某行為的意志。這是事前決定的，不是臨時決定的，而且想做的意志相當堅定。相反地，不打算的話用「動詞ない形＋ない＋つもり」的形式 。

例 ボーナスで車を買うつもりです。

我打算用獎金來買車。

例 私は来年は試験を受けないつもりです。

我明年不打算去考試。

（よ）うと思う　我想…、我要…

【動詞意向形】＋（よ）うと思う。表示說話人告訴聽話人，說話當時自己的想法、打算或意圖，只能用在第一人稱「我」。

例 今年、結婚しようと思います。

我今年想結婚。

もんだい1

1 しんごうが　青（あお）（　　　）　なりました。わたりましょう。

　1　で　　　　　2　い　　　　　3　に　　　　　4　へ

もんだい2

2 先生（せんせい）「きのうは、なぜ　休（やす）んだのですか。」
　　学生（がくせい）「朝（あさ）、_____　__★__　_____　_____　からです。」

　1　いたく　　　　2　が　　　　　3　あたま　　　4　なった

3 A「駅（えき）は　どこですか。」
　　B「しらないので、交番（こうばん）で　_____　_____　__★__　_____ませ
　　んか。」

　1　に　　　　　　2　おまわりさん3　ください　　4　聞（き）いて

もんだい3

　日本（にほん）で　べんきょうして　いる　学生（がくせい）が　「こわかった　こと」に　つい
て　ぶんしょうを　書（か）いて、クラスの　みんなの　前（まえ）で　読（よ）みました。

　　6さいの　とき、わたしは　父（ちち）に　自転車（じてんしゃ）の　乗（の）り方（かた）を　**4**　。
わたしが　小（ちい）さな　自転車（じてんしゃ）の　いすに　すわると、父（ちち）は　自転車（じてんしゃ）の
うしろを　もって、自転車（じてんしゃ）**5**　いっしょに　走（はし）ります。そうして、
何回（なんかい）も　何回（なんかい）も　練習（れんしゅう）しました。

　　少（すこ）し　**6**　なった　ころ、わたしが　自転車（じてんしゃ）で　**7**　うし
ろを　向（む）くと、父（ちち）は　わたしが　知（し）らない　間（あいだ）に　手（て）を　はなして
いました。それを　知（し）った　とき、わたしは　とても　**8**です。

4

　1　おしえました　2　しました　　　3　なれました　　4　ならいました

5

　1　と　　　　　　2　に　　　　　　3　を　　　　　　4　は

6

　1　じょうずな　　2　じょうずだ　　3　じょうずに　　4　じょうずで

7

　1　走_{はし}ったら　　2　走_{はし}りながら　　3　走_{はし}ったほうが　4　走_{はし}るより

8

　1　こわい　　　　2　こわくて　　　3　こわかった　　4　こわく

もんだい1

1 Answer **3**

しんごうが　青（あお　　　）　なりました。わたりましょう。
1　で　　　　　　　　2　い　　　　　　　　3　に　　　　　　　4　へ
交通號誌變成綠燈了。我們過馬路吧！

「（名詞）になります」は人や物の変化を
表す。例：
・妹は4月から高校生になります。
・時間になりました。試験を始めます。
・駅前にあったパン屋は、今、スーパー
　になりましたよ。
※「青」は「青い」という形容詞ではなく、
　信号の「青」という色を表す名詞。形
　容詞の場合は「青くなりました」とな
　るので、気をつけよう。
※（形容詞）くなります
　（形容動詞）になります。例：
・トマトが赤くなりました。
・花が咲いて、庭がきれいになりまし
　た。

「（名詞）になります／變成（名詞）」表示人
或事物的變化。例：
・妹妹從4月開始就是高中生了。
・時間已經到了，開始作答。
・之前車站前的麵包店，現在已將變成超市
　了。
※請留意，「青」的形容詞不是「青い」，而是用
　於表示交通號誌的「綠（燈）」的名詞。當它用
　作形容詞時，需變化為「青くなりました／變成
　綠（燈）了」。
※（形容詞）くなります／變成（形容詞）
　（形容動詞）になります／變成（形容動詞）例：
・番茄變紅了。
・花開了，庭院變得很美麗。

もんだい2

2 Answer **2**

先生「きのうは、なぜ　休んだのですか。」
学生「朝、＿＿＿＿　★　＿＿＿＿　＿＿＿＿　からです。」
1　いたく　　　　　2　が　　　　　　　3　あたま　　　　　4　なった
老師「昨天為什麼沒來學校呢？」
學生「因為我早上頭痛了。」

正しい語順：朝、頭が痛くなったからで
す。

正確語順：因為我早上頭很痛。

「なぜ」と、理由を聞いていますので、「からです」と答えます。「からです」の前に来るのは「なった」で、「なったからです」と続きます。その前には「あたまが」が入ります。こう考えると「3→2→1→4」の順で問題の＿★＿には2の「が」が入ります。

「なぜ／為何」是詢問原因理由，用「からです／因為」來回答。「からです」前應填入「なった」，因此是「なったからです」。最前面應填入「あたまが／頭」。順序排列是「3→2→1→4」，＿★＿的部分應填入選項2「が」。

3

A「駅は　どこですか。」
B「しらないので、交番で ＿＿＿ ＿＿＿ ＿★＿ ＿＿＿ませんか。」
1　に　　　　　　　2　おまわりさん　　3　ください　　　　4　聞いて

A「請問車站在哪裡呢？」
B「我不曉得，可以請你去派出所問警察嗎？」

正しい語順：知らないので、交番でおまわりさんに聞いてくださいませんか。

人に何かをたのむときは、「してください」または、もうていねいに「してくださいませんか」や「してくださいますか」と言います。この最後が「ませんか」となっていますので、「聞いてくださいませんか。」となります。その前に「だれに」という言葉が入りますので、「おまわりさんに」とすればいいです。こう考えると「2→1→4→3」の順で、問題の＿★＿には4の「聞いて」が入ります。

正確語順：我不曉得，可以請你去派出所問警察嗎？

央託別人時，可以用「してください／請〜」，或者更有禮貌的「してくださいませんか／可否請〜」以及「してくださいますか／可以請〜」這些句型。這題的句尾是「ませんか」，因此應該是「聞いてくださいませんか／可否請您去請教嗎」。在這句之前應填入表示「だれに／向誰（詢問）」的詞，只要放上「おまわりさんに／向警察」即可。所以正確的順序是「2→1→4→3」，而＿★＿的部分應填入選項4「聞いて」。

もんだい3

4 ～ 8

日本で べんきょうして いる 学生が 「こわかった こと」に ついて ぶんしょうを 書いて、クラスの みんなの 前で 読みました。

6さいの とき、わたしは 父に 自転車の 乗り方を　**4**　。わたしが 小さな 自転車の いすに すわると、父は 自転車の うしろを もって、自転車　**5**　いっしょに 走ります。そうして、何回も 何回も 練習しました。

少し　**6**　なった ころ、わたしが 自転車で　**7**　うしろを 向くと、父は わたしが 知らない 間に 手を はなして いました。それを 知った とき、わたしは とても　**8**　です。

在日本留學的學生以〈曾經令我害怕的事〉為題名寫了一篇文章，並且在班上同學的面前誦讀給大家聽。

六歲的時候，我向爸爸學了騎腳踏車的方法。我坐在小自行車的座椅上，爸爸抓著自行車的後方，推著自行車一起奔跑。我們就這樣練習了很多很多次。

就在我騎得稍微好一點的時候，我一面踩著自行車，一面回頭看，看到爸爸在我沒察覺的時候已經將手放開了。當我發現這一點的時候，非常地害怕。

4　　　　　　　　　　　　　　　　　　　　　　　Answer **4**

1 おしえました	2 しました	3 なれました	4 ならいました
1 教了	2 做了	3 習慣了	4 學了

「私は 父に」と あるので「習いました」を 選ぶ。
※ 習いました⇔教えました

由於前句是「私は父に／我向爸爸」，所以應該選「習いました／學了」。

※ 習いました／學習了⇔教えました／教導了

5　　　　　　　　　　　　　　　　　　　　　　　Answer **1**

1 と	2 に	3 を	4 は

5のあとに「いっしょに」という ことばが あるので、「（自転車）と いっしょに」となる。「と」は 動作を いっしょに する 人や 物を 表す。例：
・友達と カラオケに 行きました。
・海で 魚と いっしょに 泳ぎました。

5的後面有「いっしょに／一起」，因此是「（自転車）といっしょに／和（腳踏車）一起」。「と」表示一起做動作的人或物。例：
・和朋友一起去唱卡拉OK。
・在大海和魚兒一起游泳了。

6

Answer **3**

| 1 じょうずな | 2 じょうずだ | 3 じょうずに | 4 じょうずで |

「少し上手（　）なりましたころ」と考える。形容動詞（上手です）が動詞（なります）につくとき、「上手に」となる。
例：

・おかげさまで、元気になりました。
・先生にもらった本は大切に使います。

本題的句型為「少し上手（　）なりましたころ／到了稍微拿手一點的時候」，形容動詞（上手です）連接動詞（なります）時，應改為「上手に」。例：

・託您的福，恢復精神了。
・小心翼翼地使用老師送給我的書。

7

Answer **2**

| 1 走ったら | 2 走りながら | 3 走ったほうが | 4 走るより |

「（動詞ます形）ながら」で、一人の人が２つの動作を同時に行うことを表す。この文で、「わたし」は「自転車に乗る」ことと「うしろを向く」ことを同時にしている。

「（動詞ます形）ながら／一邊（動詞ます形）一邊…」表示一個人同時進行兩種動作。在本題中，「わたし／我」同時進行「自転車に乗る／騎腳踏車」和「うしろを向く／轉到後面」的兩種動作。

8

Answer **3**

| 1 こわい | 2 こわくて | 3 こわかった | 4 こわく |

文末が「です」となるのは、1こわいか3こわかった。過去のことを書いているので、過去形「こわかった」を選ぶ。

由於句尾是「です」，因此只考慮選項1「こわい／害怕」和選項3「こわかった／怕死了」。因為描寫的是過去的事，所以正確答案是選項3「こわかった」。

☑ 語法知識加油站！

▶ **關於變化…**

「なります」焦點是事態本身產生的自然變化；而「します」的變化是某人有意圖性去造成的。

▶ **關於希望…**

「動詞たい」用在說話人內心希望自己能實現某個行為；「～てほしい」用在希望別人達成某事，而不是自己。

▶ **關於請求…**

1. 「がほしい」表示說話人想要得到某物；「をください」是有禮貌地跟某人要求某樣東西。

2. 「てください」前面接動詞て形，是「請…」的意思；「ないでください」前面接動詞ない形，是「請不要…」的意思。而「てくださいませんか」表示婉轉地詢問對方是否願意做某事，是比「てください」更禮貌的請求說法。

▶ **關於打算…**

「つもり」和「（よ）うと思う」大部份的情況可以通用。但「つもり」前面要接動詞連體形，而且是有具體計畫、帶有已經準備好的堅定決心，實現的可能。

10 建議、比較、程度的說法

1 文法闖關大挑戰

文法知多少？請完成以下題目，從選項中，選出正確答案，並完成句子。
《答案詳見右下角。》 ➡

1 熱があるから、寝ていた（　　）ですよ。
1. ほうがいい　2. てもいい

因為你發燒了，還是躺一下吧。
1. ほうがいい：最好…、還是…為好
2. てもいい：…也行、可以…

2 日曜日、うちに来（　　）。
1. ましょうか
2. ませんか

星期天要不要來我家玩？
1. ましょうか：我們…吧；我來…吧
2. ませんか：要不要…

3 2時ごろ駅で会い（　　）。
1. ましょう
2. でしょう

2點左右在車站碰面吧！
1. ましょう：我們…吧；做…吧
2. でしょう：大概…吧；…對吧

4 李さん（　　）森さん（　　）若いです。
1. は～より　2. より～ほう

李小姐比森小姐年輕。
1. は～より：…比…
2. より～ほう：比起…，更…

5 妹が好きな歌手は、私（　　）です。
1. と同じ　2. と違って

妹妹喜歡的歌手跟我一樣。
1. と同じ：跟…一樣、和…相同
2. と違って：與…不同…

6 今年の紅葉は、（　　）きれいではないです。
1. あまり　2. どれも

今年的紅葉並不怎麼漂亮。
1. あまり～ない：不太…
2. 疑問詞＋も＋否定：也（不）…

答案：(1) 1　(2) 2　(3) 1　(4) 1　(5) 1　(6) 1

建議

□ ほうがいい 比較 てもいい
□ 動詞ませんか 比較 動詞ましょう（か）
□ 動詞ましょう 比較 でしょう

比較

□ は～より 比較 より～ほう

程度

□ 名詞＋と＋おなじ 比較 名詞＋と＋ちがって
□ あまり～ない 比較 疑問詞＋も＋否定（完全否定）

▶心智圖

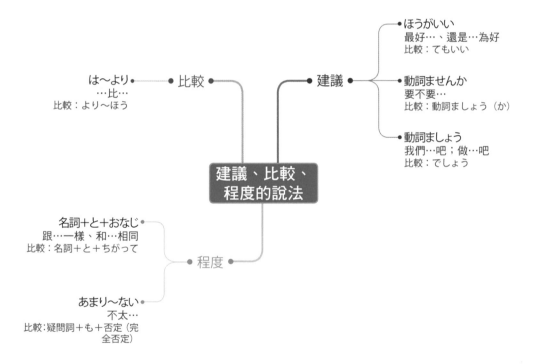

は～より●
…比…
比較：より～ほう

●比較●

●建議●

● ほうがいい
最好…、還是…為好
比較：てもいい

● 動詞ませんか
要不要…
比較：動詞ましょう（か）

● 動詞ましょう
我們…吧；做…吧
比較：でしょう

建議、比較、
程度的說法

名詞＋と＋おなじ●
跟…一樣、和…相同
比較：名詞＋と＋ちがって

●程度●

あまり～ない●
不太…
比較：疑問詞＋も＋否定（完
全否定）

1

ほうがいい　最好…、還是…為好　比較

【動詞た形】＋ほうがいい。用在向對方提出建議、忠告，或陳述自己的意見、喜好的時候。否定形用「動詞ない形＋ないほうがいい」。

例 寒いから、コートを着たほうがいいですよ。

因為很冷，還是把外套穿上吧。

例 頭が痛いんですか。アルバイトには行かないほうがいいですよ。

你頭痛嗎？那就別去打工了吧！

てもいい　…也行、可以…

【動詞て形】＋もいい。表示許可或允許某一行為。如果說的是聽話人的行為，表示允許聽話人某一行為。

例 今トイレに行ってもいいですか。

現在可以去廁所了嗎？

2

動詞ませんか　要不要…　比較

【動詞ます形】＋ませんか。表示提議或邀請對方做某事。用在不確定對方怎麼想的時候，這時一方面提出邀約，一方面將決定權交給對方。

例 今晩、一緒に野球中継を見ませんか。

今天晚上，要不要一起看棒球轉播？

動詞ましょう（か）　我們…吧、我來…吧

【動詞ます形】＋ましょう（か）。表示邀請或提議對方做某事。用在認為對方大概也希望這麼做的情況進行邀約。

例 一緒にコンサートに行きましょうか。

我們一起去看演唱會吧。

例 荷物を持ちましょうか。

我來幫你拿行李吧。

3

動詞ましょう 我們…吧；做…吧	比較	でしょう 也許…、可能…、大概…吧；…對吧

【動詞ます形】＋ましょう。表示勸誘對方跟自己一起做某事。一般用在做那一行為，動作，事先已經規定好，或已經成為習慣，又或是用在認為對方大概也希望這麼做的情況進行邀約；也用在回答時。

例 あした、一緒に食事に行きましょう。

明天一起去吃飯吧！

例 いいですね、行きましょう。

好啊！一起去吧！

例 字は丁寧に書きましょう。

把字寫工整吧！

【動詞普通形】＋でしょう、【形容詞】＋でしょう、【名詞】＋でしょう。伴隨降調，表示說話者的推測，說話者不是很確定，不像「です」那麼肯定；常跟「たぶん」一起使用；也可表示向對方確認某件事情，或是徵詢對方的同意。

例 明日もいい天気でしょう。

明天天氣也很好吧！

例 明日はたぶん雨が降るでしょう。

明天大概會下雨吧！

例 この仕事は３時間ぐらいかかるでしょう。

這份工作大約要花３小時。

4

は〜より …比…	比較	より〜ほう 比起…，更、跟…比起來，…比較…

【名詞１】＋は＋【名詞２】＋より。表示前者（名詞１）比後者（名詞２）還符合某種性質或狀態。而「より」後接的就是性質或狀態。一般而言，不會改成「より〜は」這樣的順序，因為「は」前面的名詞是句子的主題，放前面比較自然。

例 新幹線は車よりずっと速いです。

新幹線比汽車要快多了。

【名詞】＋より（も、は）＋【名詞の】＋ほう。表示對兩件事物進行比較後，選擇了「ほう」前面的事物，被選上的用「が」表示。另外，「より」跟「ほう」的順序可以調換，對兩件事物進行比較後，選擇前者。

例 紅茶よりコーヒーのほうが好きです。

比起紅茶，我更喜歡咖啡。

例 今日のほうが昨日より暑いです。

跟昨天比起來，今天比較熱。

5

名詞＋と＋おなじ
跟…一樣、和…相同

比較

【名詞】＋と＋おなじ。表示後項和前項是同樣的人事物，如例句。也可以用「名詞＋と＋名詞＋は＋同じ」的形式。

例 八百屋はスーパーと同じではありません。

蔬果店跟超市不一樣。

名詞＋と＋ちがって
與…不同…

【名詞】＋と＋ちがって。表示把兩個性質不同的人事物拿來比較。

例 私と違って、彼女はきれいです。

跟我不一樣，她長得很漂亮。

6

あまり～ない
不太…

比較

あまり＋【否定形】＋～ない。表示程度不特別高，數量不特別多；在口語中，常把「あまり」說成「あんまり」；若想表示全面否定可以用「全然（ぜんぜん）～ない」，是種否定意味較為強烈的用法。

例 このスープはあまり熱くないです。

這湯不怎麼熱。

例 そのカレー、あんまりおいしくないですよ。

那咖哩不怎麼好吃耶！

例 タバコは少し吸いますが、お酒は全然飲みません。

我會抽一點菸，但完全不喝酒。

疑問詞＋も＋否定（完全否定）
也（不）…

【疑問詞】＋も＋～ません。表示全面的否定；若想表示全面肯定，則以「疑問詞＋も＋肯定」形式，為「無論…都…」之意。

例 私は今朝何も食べませんでした。

我今天早上什麼都沒吃。

例 私は肉と魚どちらも好きです。

我無論是肉或魚都喜歡吃。

もんだい1

1 さむいので、あしたは ゆきが（　　　）。

1　ふるでしょう　　　　　　　　2　ふりでしょう

3　ふるです　　　　　　　　　　4　ふりました

2 A「あなたは ひとつきに なんさつ ざっしを かいますか。」

　　B「ざっしは あまり（　　　）。」

1　かいたいです　　　　　　　　2　かいます

3　3さつぐらいです　　　　　　　4　かいません

3 A「こんど いっしょに 山に のぼりませんか。」

　　B「いいですね。いっしょに（　　　）。」

1　のぼるでしょう　　　　　　　2　のぼりましょう

3　のぼりません　　　　　　　　4　のぼって います

もんだい2

日本で べんきょうして いる 学生が、「わたしの かぞく」に つ
いて ぶんしょうを 書いて、クラスの みんなの 前で 読みました。

　わたしの かぞくは、両親、わたし、妹の 4人です。父は 警官で、
毎日 おそく **4** 仕事を して います。日曜日も あまり 家に
5。母は、料理が とても じょうずです。母が 作る グラタ
ンは かぞく みんなが おいしいと 言います。国に 帰ったら、
また 母の グラタンを **6** です。

　妹が 大きく なったので、母は 近くの スーパーで 仕事を
7。妹は 中学生ですが、小さい ころから ピアノを 習っ
て いますので、今では わたし **8** じょうずに ひきます。

4

1　だけ　　　　　2　て　　　　　　3　まで　　　　4　から

5

1　いません　　　2　います　　　　3　あります　　　4　ありません

6

1　食_たべる　　　　　　　　　　2　食_たべてほしい
3　食_たべたい　　　　　　　　　　4　食_たべた

7

1　やめました　　　　　　　　　　2　はじまりました
3　やすみました　　　　　　　　　　4　はじめました

8

1　では　　　　　　2　より　　　　3　でも　　　　　4　だけ

5 翻譯與解題

もんだい1

Answer **1**

さむいので、あしたは　ゆきが　（　　　）。
1　ふるでしょう　　　　　　　　　2　ふりでしょう
3　ふるです　　　　　　　　　　　4　ふりました

| 天氣這麼冷，明天（應該會下）雪吧。

「（動詞・形容詞・形容動詞の普通形・名詞）でしょう」で、推量を表す。理由があって判断したと言いたいとき。天気予報でよく使う言い方。例：

・月が出ています。明日は晴れるでしょう。
・木村さんは今日は多分来ないでしょう。忙しいと言っていましたから。

普通形の活用を覚えよう。
（動詞）
降る-でしょう
降らない-でしょう
降った-でしょう
降らなかった-でしょう
（形容詞）
暑い-でしょう
暑くない-でしょう
暑かった-でしょう
暑くなかった-でしょう
（形容動詞）
きれい-でしょう
きれいではない-でしょう
きれいだった-でしょう
きれいではなかった-でしょう

「（動詞・形容詞・形容動詞の普通形・名詞）でしょう／應該、大概（動詞、形容詞、形容動詞的普通形、名詞）吧」是表示推測的用法，通常是有所依據而做出的判斷。經常用於氣象預報中。例：

・月亮出來了，明天應該會放晴吧。

・木村先生今天應該不會來了吧，因為他說過很忙。

請順便記住普通形的活用方式吧！

（動詞）
會下 - 吧
不會下 - 吧
當時下了 - 吧
當時沒有下 - 吧
（形容詞）
會熱 - 吧
不會熱 - 吧
當時很熱 - 吧
當時不熱 - 吧
（形容動詞）
很美麗 - 吧
不美麗 - 吧
曾經很美麗 - 吧
曾經不是美麗的 - 吧

2

Answer ❹

A「あなたは　ひとつきに　なんさつ　ざっしを　かいますか。」

B「ざっしは　あまり　（　　　　）。」

1　かいたいです　　　　　　　　　　2　かいます

3　3さつぐらいです　　　　　　　　4　かいません

A「請問你一個月買幾本雜誌呢？」
B「我（不）太（買）雜誌。」

「あまり～ない」。否定形とともに、程度が少ないことを表す。例：

・この魚はあまり新しくありません。

・テストはあまりできませんでした。

※「ひと月に何冊」は、一か月の間に何冊（買いますか）、という意味。この質問への答え方は、他に「3冊です」「3ぐらい買います」など。

「あまり～ない／不太～」後接否定形，表示程度較低。例：

・這條魚不太新鮮。

・那份試題不太會作答。

※「ひと月に何冊／一個月幾本」的意思是詢問一個月內（買下）幾本。這類問題的回答方式還有「3冊です／3本」或「3冊ぐらい買います／買3本左右」。

3

Answer ❷

A「こんど　いっしょに　山に　のぼりませんか。」

B「いいですね。いっしょに　（　　　　）。」

1　のぼるでしょう　　　　　　　　　2　のぼりましょう

3　のぼりません　　　　　　　　　　4　のぼって　います

A「下回要不要一起爬山呢？」
B「好耶！我們一起去（爬山吧）！」

「（動詞ます形）ませんか」と提案された時の答え方は「はい、（動詞ます形）ましょう」。例：

・A：ちょっと休みませんか。

　B：ええ、休みましょう。

・A：今夜食事に行きませんか。

　B：いいですね、行きましょう。

※「ましょう」は相手を誘う時にも使う。例：

・みなさん、はやく行きましょう。

・ご飯ができました。さあ、食べましょう。

當收到提議「（動詞ます形）ませんか／要不要（動詞ます形）～呢」的時候，應該回答「はい、（動詞ます形）ましょう／好，（動詞ます形）吧」。例：

・A：要不要稍微休息一下呢？

　B：好的，休息吧。

・A：今晚要不要去吃飯呢？

　B：好啊，去吃飯吧。

※「ましょう」亦可用於邀約對方的時候。例：

・各位，快走吧。

・飯做好了。來，吃吧！

もんだい2

4 ～ 8

日本(にほん)で べんきょうして いる 学生(がくせい)が、「わたしの かぞく」に ついて ぶんしょうを 書(か)いて、クラスの みんなの 前(まえ)で 読(よ)みました。

わたしの かぞくは、両親(りょうしん)、わたし、妹(いもうと)の 4人(よにん)です。父(ちち)は 警官(けいかん)で、毎日(まいにち) おそく **4** 仕事(しごと)を して います。日曜日(にちようび)も あまり 家(いえ)に **5** 。母(はは)は、料理(りょうり)が とても じょうずです。母(はは)が 作(つく)る グラタンは かぞく みんなが おいしいと 言(い)います。国(くに)に 帰(かえ)ったら、また 母(はは)の グラタンを **6** です。

妹(いもうと)が 大(おお)きく なったので、母(はは)は 近(ちか)くの スーパーで 仕事(しごと)を **7** 。妹(いもうと)は 中学生(ちゅうがくせい)ですが、小(ちい)さい ころから ピアノを 習(なら)って いますので、今(いま)では わたし **8** じょうずに ひきます。

在日本留學的學生以〈我的家庭〉為題名寫了一篇文章,並且在班上同學的面前誦讀給大家聽。

我的家人包括父母、我、妹妹共四個人。我爸爸是警察,每天都工作到很晚,連星期天也不常在家裡。我媽媽的廚藝很好,媽媽做的焗烤料理全家人都說好吃。等我回國以後,想再吃一次媽媽做的焗烤料理。

由於妹妹長大了,媽媽便開始在附近的超級市場裡工作。我妹妹雖然還是個中學生,但是從小就學鋼琴,所以現在已經彈得比我還好了。

---

4   Answer **3**

1 だけ	2 て	3 まで	4 から

「まで」は終点(しゅうてん)を表(あらわ)す。例(れい):
・会社(かいしゃ)は9時(じ)から5時(じ)までです。
・昨夜(さくや)は12時(じ)まで勉強(べんきょう)しました。

「遅(おそ)く」は「遅(おそ)い時間(じかん)」と同(おな)じ意味(いみ)で使(つか)う。例(れい):
・彼(かれ)は毎晩(まいばん)遅(おそ)くまで起(お)きています。
・彼(かれ)は昨夜(さくや)遅(おそ)くに電話(でんわ)をかけてきました。

「まで/到」表示終點。例:
・公司(的上班時間)是從9點到5點。
・昨天用功到了12點。

「遅く/很晚」和「遅い時間/很晚的時刻」意思相同。例:
・他每天到很晚都沒睡。
・他昨天深夜時打了電話來。

5

1 いません	2 います	3 あります	4 ありません
1（有生命的動物）不在	2（有生命的動物）在		
3（無生命物或植物）有	4（無生命物或植物）沒有		

「あまり」に続くので、否定形をとる。主語は「父は」なので、「ありません」ではなく「いません」を選ぶ。

由於接在「あまり／太」後面，所以要用否定形。而主語是「父は／爸爸」，所以要選「いません／不在」而不是「ありません／沒有」。

6

1 食べる	2 食べてほしい	3 食べたい	4 食べた
1 吃	2 希望你吃	3 想吃	4 吃了

基本は「私はグラタンを（　）です」という文。「です」に続くのは、2 食べてほしいか、3 食べたいのどちらか。「私は〇〇を食べたい」という時、食べるのは「私」。「私は（人に）〇〇を食べてほしい」という時、食べるのは（人）。文の意味から正解は「食べたい」。例：

・「たい」私はこの映画が見たいです。
　「てほしい」私はこの映画をあなたに見てほしいです。

・「たい」私は医者になりたいです。
　「てほしい」私は息子に医者になってほしいです。

基本句是「私はグラタンを（　）です／我（　）焗烤」，可以填在「です」前面的應該是選項2「食べてほしいか／想吃嗎」或選項3「食べたい／想吃」的其中一個。當要表達「私は〇〇を食べたい／我想吃〇〇」的時候，吃東西的主詞是「私／我」；當要表達「私は（人に）〇〇を食べてほしい／我想讓（某人）吃〇〇」的時候，吃東西的主詞是（某人）。因此正確答案是「食べたい」。例：

・「たい／想」我想看這個電影。
　「てほしい／希望」我希望你能看這個電影。

・「たい／想」我想當醫生。
　「てほしい／希望」我希望兒子能當醫生。

1 やめました	2 はじまりました	3 やすみました	4 はじめました
1 辭掉	2 開始	3 休息	4 開始

「スーパーで」の「で」は、動作の場所を表す。1（スーパーを）やめました3（スーパーを）休みましたは、スーパーでする動作ではないので×。「スーパーで」に続くのは、2始まりました（自動詞）か、3始めました（他動詞）のどちらか。目的語「仕事を」があるので、これに続くのは他動詞「始めました」。

《他の選択肢》

1母はスーパーの仕事をやめました。

2学校は4月から始まります（自動詞）。

・パーティーは7時に始まります。

3母はスーパーの仕事を休みました。

「スーパーで／在超市」句中的「で」是表示動作的場所。選項1「（スーパーを）やめました／辭去了（超市的工作）」以及選項3「（スーパーを）休みましたは／向（超市老闆）請假了」，這兩項都不是在超市裡做的動作，所以不是正確答案。接在「スーパーで」後面的動作應該是選項2「始まりました（自動詞）／開始了」或選項3「始めました（他動詞）／開始了」。由於題目中的目的語是「仕事を／工作」，所以後面接的是他動詞「始めました」。

《其他選項》

選項1媽媽辭去了超市的工作。

選項2學校是從四月開始。（自動詞的用法）

・宴會是7點開始。

選項3媽媽向超市請假了。

1 では	2 より	3 でも	4 だけ
1 那麼	2 比…	3 但是	4 只有

主語は「妹」。「妹は私（　）上手です」という文。「私」と比べているので、「より」を選ぶ。

主語是「妹」。「妹は私（　）上手です／妹妹（　）我拿手」意思是和「我」比較，因此選擇「より／比、較」。

JLPT
新制日檢模擬考題

もんだい1　（　　　）に　何を　入れますか。1・2・3・4から　いちばん
　　　　　　いい　ものを　一つ　えらんで　ください。

1 中野「内田さん（　　　）　きのう　なにを　しましたか。」
　　内田「えいがに　いきました。」

　1　が　　　　　　2　に　　　　　3　で　　　　　4　は

2 母「たなの　上の　おかしを　たべたのは、あなたですか。」
　　子ども「はい。わたし（　　　）　たべました。ごめんなさい。」

　1　が　　　　　　2　は　　　　　3　で　　　　　4　へ

3 きのう、わたしは　友だち　（　　　）　こうえんに　いきました。

　1　が　　　　　　2　は　　　　　3　と　　　　　4　に

4 先生「この　赤い　かさは、田中さん（　　　）　ですか。」
　　田中「はい、そうです。」

　1　が　　　　　　2　を　　　　　3　の　　　　　4　や

5 A「あなたは　がいこくの　どこ（　　　）　いきたいですか。」
　　B「スイスです。」

　1　に　　　　　　2　を　　　　　3　は　　　　　4　で

6 わたしの　父は、母（　　　）　3さい　わかいです。

　1　にも　　　　　2　より　　　　3　では　　　　4　から

7 これは　北海道（　　　）　おくって　きた　魚です。

　1　でも　　　　　2　には　　　　3　では　　　　4　から

8 A「おきなわでも　雪が　ふりますか。」
　　B「ふった　ことは　ありますが、あまり　（　　　）。」

　1　ふります　　　　　　　　　2　ふりません
　3　ふって　いました　　　　　4　よく　ふります

9 あの　店（　　　）　りょうりは　とても　おいしいです。

1　は　　　　　　2　に　　　　　　3　の　　　　　　4　を

10 しずかに　ドア（　　　）　あけました。

1　を　　　　　　2　に　　　　　　3　が　　　　　　4　へ

11 A「ゆうびんきょくは　どこですか。」

　　B「この　かどを　左（　　　）　まがった　ところです。」

1　に　　　　　　2　は　　　　　　3　を　　　　　　4　から

12 あねは　ギターを　ひき（　　　）　うたいます。

1　ながら　　　　2　ちゅう　　　　3　ごろ　　　　　4　たい

13 すこし　つかれた（　　　）、ここで　やすみましょう。

1　と　　　　　　2　のに　　　　　3　より　　　　　4　ので

14 母と　デパート（　　　）　買い物を　します。

1　で　　　　　　2　に　　　　　　3　を　　　　　　4　は

15 A「この　本は　おもしろいですよ。」

　　B「そうですか。わたし（　　　）　読みたいので、　かして　くだ
さいませんか。」

1　は　　　　　　2　に　　　　　　3　も　　　　　　4　を

16 夜、わたしは　母（　　　）　でんわを　かけました。

1　は　　　　　　2　に　　　　　　3　の　　　　　　4　が

もんだい２　__★__　に　入（はい）る　ものは　どれですか。１・２・３・４から　いち
ばん　いい　ものを　一（ひと）つ　えらんで　ください。

17 （本屋（ほんや）で）

山田（やまだ）「りょこうの　本（ほん）は　どこに　ありますか。」

店員（てんいん）「＿＿＿＿　＿＿＿＿　__★__　＿＿＿＿　あります。」

　　1　２ばんめに　　2　上（うえ）から　　3　むこうの　　4　本（ほん）だなの

18 学生（がくせい）「テストの　日（ひ）には、＿＿＿＿　＿＿＿＿　＿＿＿＿　＿__★__か。」

先生（せんせい）「えんぴつと　けしゴムだけで　いいです。」

　　1　を　　　　　　2　もって　　　3　何（なに）　　　4　きます

19 A「日曜日（にちようび）には　どこかへ　行（い）きましたか。」

B「いいえ。＿＿＿＿　＿＿＿＿　__★__　＿＿＿＿でした。」

　　1　行（い）きません　　2　も　　　　3　どこ　　　4　へ

20 A「スポーツでは　なにが　すきですか。」

B「野球（やきゅう）も　__★__　＿＿＿＿　＿＿＿＿　＿＿＿＿よ。」

　　1　すきですし　　2　も　　　　3　サッカー　　4　すきです

21 つくえの　上（うえ）に　＿＿＿＿　＿＿＿＿　__★__　＿＿＿＿　あります。

　　1　など　　　　　2　本（ほん）や　　3　が　　　　4　ノート

もんだい3　22 から 26 に 何を 入れますか。ぶんしょうの いみを かんがえて、1・2・3・4から いちばん いい ものを 一つ えらんで ください。

日本で べんきょうして いる 学生が、「わたしの 町の 店」について ぶんしょうを 書いて、クラスの みんなの 前で 読みました。

わたしが 日本に 来た ころ、駅 22 アパートへ 行く 道には 小さな 店が ならんで いて、八百屋さんや 魚屋さん が 23 。

24 、2か月前 その 小さな 店が ぜんぶ なくなって、 大きな スーパーマーケットに なりました。

スーパーには、何 25 あって べんりですが、八百屋や 魚 屋の おじさん おばさんと 話が できなく なったので、26 なりました。

22

1　へ　　　　　2　に　　　　　3　から　　　　4　で

23

1　あります　　2　ありました　3　います　　　4　いました

24

1　また　　　　2　だから　　　3　では　　　　4　しかし

25

1　も　　　　　2　さえ　　　　3　でも　　　　4　が

26

1　つまらなく　2　近く　　　　3　しずかに　　4　にぎやかに

1

Answer **4**

中野「内田さん（　　　）きのう　なにを　しましたか。」
内田「えいがに　いきました。」

1 が　　　　　　　　2 に　　　　　　　　3 で　　　　　　　　4 は

中野「內田先生您昨天做了什麼事呢？」
內田「去看了電影。」

主題（内田さん）は「は」で表す。例：

・わたしは学生です。

・これはあなたの本ですか。

・窓は閉めましたか。

表示主題（內田先生），用「は」。例：

・我是學生。

・這是你的書。

・窗戶關了嗎？

2

Answer **1**

母「たなの　上の　おかしを　たべたのは、あなたですか。」
子ども「はい。わたし（　　　）たべました。ごめんなさい。」

1　が　　　　　　　2　は　　　　　　　3　で　　　　　　　4　へ

媽媽「把架子上面的餅乾吃掉的人是你嗎？」
孩子「對。是我吃掉的。對不起。」

主格（わたし）は「が」で表す。例：

・教室に学生がいます。

・花が咲いています。

・窓はわたしが閉めました。

※問題文は、「（たなの上のおかしは）
わたしが食べました」という文の（　　）
が省略されている。

■文法まとめ〜主題「は」と主格「が」。
例：

・おかしはわたしが食べました。

・お皿はわたしが洗います。

主題──「この文は、何の（だれの）話を
しているか」ということ→「は」で表す。
例：

主格（わたし／我）用「が」表示。例：

・教室裡有學生。

・花開了。

・窗戶是我關的。

※題目中「（たなの上のおかしは）わたしが食べ
ました／（架子上的零食）我吃掉了」省略了
（　　）的部分。

■文法總整理〜主題「は」與主格「が」。例：

・零食是我吃掉的。

・盤子是我洗的。

主題──當「這個句子在講述哪種（或某人的）
話題呢？」→用「は」表示。例：

・わたしは<ruby>学生<rt>がくせい</rt></ruby>です。
・<ruby>交番<rt>こうばん</rt></ruby>は<ruby>駅<rt>えき</rt></ruby>の<ruby>隣<rt>となり</rt></ruby>にあります。
・<ruby>明日<rt>あした</rt></ruby>の<ruby>天気<rt>てんき</rt></ruby>は<ruby>雨<rt>あめ</rt></ruby>でしょう。

<ruby>主格<rt>しゅかく</rt></ruby>——「この<ruby>文<rt>ぶん</rt></ruby>で、<ruby>動作<rt>どうさ</rt></ruby>をするのはだれ（なに）か」ということ→「が」で<ruby>表<rt>あらわ</rt></ruby>す。

<ruby>例<rt>れい</rt></ruby>：

・<ruby>屋根<rt>やね</rt></ruby>の<ruby>上<rt>うえ</rt></ruby>に<ruby>猫<rt>ねこ</rt></ruby>がいます。
・<ruby>木村<rt>きむら</rt></ruby>さんが<ruby>寝<rt>ね</rt></ruby>ています。
・<ruby>雨<rt>あめ</rt></ruby>が<ruby>降<rt>ふ</rt></ruby>っています。

・我是學生。

・警察局在車站的旁邊。

・明天是雨天。

主格——當「這個句子做動作的是誰（或某物）呢？」→用「が」表示。例：

・屋頂上有一隻貓。

・木村先生正在睡覺。

・雨正在下。

3　　　　　　　　　　　　　　　　　　Answer **3**

きのう、わたしは　<ruby>友<rt>とも</rt></ruby>だち　（　　　）　こうえんに　いきました。

1　が　　　　　　2　は　　　　　　3　と　　　　　　4　に

| 昨天我（和）朋友去了公園。

<ruby>動作<rt>どうさ</rt></ruby>の<ruby>相手<rt>あいて</rt></ruby>、<ruby>動作<rt>どうさ</rt></ruby>をいっしょにする<ruby>人<rt>ひと</rt></ruby>は「と」で<ruby>表<rt>あらわ</rt></ruby>す。<ruby>例<rt>れい</rt></ruby>：

・<ruby>明日<rt>あした</rt></ruby>（わたしは）<ruby>友達<rt>ともだち</rt></ruby>と<ruby>会<rt>あ</rt></ruby>います。
・<ruby>昨日<rt>きのう</rt></ruby>（わたしは）<ruby>妹<rt>いもうと</rt></ruby>とスーパーへ<ruby>行<rt>い</rt></ruby>きました。

做動作的對象，或一起做動作的人，用「と」表示。例：

・明天（我會）和朋友見面。

・昨天（我）和妹妹一起去了超市。

4　　　　　　　　　　　　　　　　　　Answer **3**

<ruby>先生<rt>せんせい</rt></ruby>「この　<ruby>赤<rt>あか</rt></ruby>い　かさは、<ruby>田中<rt>たなか</rt></ruby>さん（　　　）　ですか。」
<ruby>田中<rt>たなか</rt></ruby>「はい、そうです。」

1　が　　　　　　2　を　　　　　　3　の　　　　　　4　や

| 老師「這把紅色的傘是田中同學（的）嗎？」
| 田中「是的，沒錯。」

<ruby>所有<rt>しょゆう</rt></ruby>を<ruby>表<rt>あらわ</rt></ruby>す「の」。「<ruby>田中<rt>たなか</rt></ruby>さんの（かさ）ですか。」の「かさ」が<ruby>省略<rt>しょうりゃく</rt></ruby>されている。<ruby>例<rt>れい</rt></ruby>：

・A：この<ruby>辞書<rt>じしょ</rt></ruby>はだれのですか。
　B：<ruby>張<rt>チョウ</rt></ruby>さんのです。

所有權用「の」表示。「田中さんの（かさ）ですか。／田中同學的（傘）嗎？」句中的「かさ／傘」被省略。例：

・A：這本字典是誰的呢？

　B：張先生的。

141

A「あなたは　がいこくの　どこ（　　　）　いきたいですか。」
B「スイスです。」

1　に　　　　　　　　2　を　　　　　　　　3　は　　　　　　　　4　で

A「你想去外國的什麼地方呢？」
B「瑞士。」

目的地は「に」で表す。例：
- あとで事務室に来てください。
- 駅に着いたら電話します。

※ 方向の助詞「へ」を入れても正解。

■ 文法まとめ～方向の助詞「へ」と目的地の助詞「に」。例：
- どこ（へ／に）行きますか。
- 明日国（へ／に）帰ります。

動詞「行きます」「帰ります」は、「へ」「に」どちらも○。例：
- 昨日日本（に）着きました。
- 毎晩おふろ（に）入ります。

動詞「着きます」「入ります」は「に」につく（「着きます」「入ります」は方向を表す動詞ではないので「へ」は不自然）。

目的地用「に」表示。例：
- 稍後請來辦公室一趟。
- 抵達車站後會打電話。

※ 使用指示方向的助詞「へ」亦正確。

■ 文法總整理～方向的助詞「へ」和目的地的助詞「に」。例：
- 要去哪裡？
- 明天要回國。

動詞「行きます／要前往」、「帰ります／要回去」，用「へ」或「に」皆可。例：
- 昨天抵達日本。
- 每晚都要泡澡。

動詞「着きます／將抵達」、「入ります／將進入」要接「に」（由於「着きます」、「入ります」不是表示方向的動詞，所以接「へ」並不適合。）

わたしの　父は、母（　　　）　3さい　わかいです。

1　にも　　　　　　　2　より　　　　　　　3　では　　　　　　　4　から

我爸爸（比）我媽媽還要小三歲。

「～は～より～」で比較を表す。「AはBより○○です」は、Aが○○だと言いたいとき。例：
- 北海道は九州より広いです。（北海道が広いと言いたい）
- この店はあの店より安いです。（この店が安いと言いたい）

用「～は～より～／～比～還要～」表示比較。「AはBより○○です／A比B還要○○」適用於想表達「A較為○○」的時候。例：
- 北海道比九州更大。（想說明北海道很大）
- 這家店比那家店還要便宜。（想說明這家店便宜）

7　　　　　　　　　　　　　　　　　　　　　　　　　　　Answer **4**

これは　北海道（　　　）　おくって　きた　魚です。

1　でも　　　　　　　2　には　　　　　　　3　では　　　　　　　4　から

| 這是（從）北海道寄來的魚。

「（場所）から～」。起点を表す。例：

・ベトナムから来ました、テムです。

・わたしの家は、駅から歩いて10分です。

「（場所）から～／從（場所）來～；來自（場所）～」表示起點。例：

・我是來自越南的提姆。

・從車站走到我家需要10分鐘。

8　　　　　　　　　　　　　　　　　　　　　　　　　　　Answer **2**

A「おきなわでも　雪が　ふりますか。」

B「ふった　ことは　ありますが、あまり　（　　　）。」

1　ふります　　　　　　　　　　　2　ふりません

3　ふって　いました　　　　　　　4　よく　ふります

| A「請問沖繩也會下雪嗎？」
| B「雖然曾經下雪，但幾乎（不下）。」

「あまり～ない」。否定形とともに、程度が少ないことを表す。例：

・このりんごはあまりおいしくないです。

　⇔このりんごはとてもおいしいです。

・彼女は料理があまり上手ではありません。
　⇔彼女は料理がとても上手です。

※B「ふったことはあります～」→「（動詞た形）ことがあります」。過去の経験を表す。例：

・パンダを見たことがありますか。

※「～はありますが、～。」→「Xが、Y」。逆説の「が」。XとYの内容が違う、反対だということを表す。例：

・日本語は、面白いですが、難しいです。

・わたしのアパートは古いですが、きれいです。

「あまり～ない／不太～」後接否定形，表示程度較低。例：

・這顆蘋果不太好吃。⇔這顆蘋果非常好吃。

・她廚藝不太好。⇔她廚藝非常好。

※B「曾經看過～」→「（動詞た形）ことがあります」表示過去的經驗。例：

・你曾經看過熊貓嗎？

※「～はありますが、～。／～雖然曾經，～。」→「Xが、Y」。反論用「が」，表示X跟Y的內容不同，表示相反的意思。例：

・日文雖然很有趣卻也很難。

・我的公寓雖然很舊，卻很乾淨。

あの 店（　　　）りょうりは　とても　おいしいです。

1 は　　　　　　　2 に　　　　　　　3 の　　　　　　　4 を

| 那家店（的）料理非常好吃。

所有・所属を表す「の」。例：
- これはわたしの本です。
- 日本の地下鉄はきれいです。
- あなたの電話番号は何番ですか。

所有權、所屬權用「の／的」表示。例：
- 這是我的書。
- 日本的地下鐵非常乾淨。
- 你的電話號碼是幾號？

しずかに　ドア（　　　）あけました。

1 を　　　　　　　2 に　　　　　　　3 が　　　　　　　4 へ

| 安靜地（把）門打開了。

動作の対象（ドア）は「を」で表す。
例：
- 牛乳を買います。
- 荷物を送ります。

※ 形容動詞の使い方を覚えよう。例：
- この町は静かです／静かではありません。
- ここは静かな町です。(静かな＋名詞)
- 静かに歩きます。静かにしてください。（静かに＋動詞）

動作的對象（ドア／門）用「を」表示。例：
- 買牛奶。
- 送包裹。

※ 請牢記形容動詞的使用方法！例：
- 這個城鎮很寧靜／很不寧靜。
- 這是個寧靜的城鎮。（静かな＋名詞）
- 安靜的走路。／請安靜！（静かに＋動詞）

A「ゆうびんきょくは　どこですか。」
B「この　かどを　左（　　　）まがった　ところです。」

1 に　　　　　　　2 は　　　　　　　3 を　　　　　　　4 から

| A「郵局在哪裡呢？」
| B「在這個巷口（向）左轉的那邊。」

目的地を表す「に」。例：
- おふろに入ります。
- 門の前に集まります。
- バスに乗ります。

※ 方向を表す「へ」を入れても○。

目的地用「に」表示。例：
- 洗澡。（直譯：我要進浴室了）
- 在門口集合。
- 搭乘公車。

※ 使用表示方向的「へ」亦可。

12　　　　　　　　　　　　　　　　　　　　Answer ❶

あねは　ギターを　ひき（　　　）うたいます。
1　ながら　　　　2　ちゅう　　　　3　ごろ　　　　4　たい

| 我姊姊（一邊）彈著吉他（一邊）唱歌。

「（動詞ます形）ながら」で、一人の人が2つの動作を同時に行うことを表す。
例：
a 音楽を聞きながら、食事をします。
b 働きながら、学校に通っています。
→bのように、長い時間のことにも使う。
《他の選択肢》
2 この本は今月中に返してください。
　・授業中です。静かにしましょう。
3 では、明日10時ごろに行きます。
　・このごろ、元気がありませんね。

「（動詞ます形）ながら／一邊（做動作）」表示一個人同時進行兩個動作。例：
a 邊聽音樂邊吃飯。
b 一邊工作一邊上學。
→也可以像例句b用在長時間從事某件事物。
《其他選項》正確使用方法如下：
選項2 這本書請在這個月內歸還。
　　　・上課中，請保持安靜。
選項3 那麼，明天10點左右前往。
　　　・最近沒什麼精神喔。

13　　　　　　　　　　　　　　　　　　　　Answer ❹

すこし　つかれた（　　　）、ここで　やすみましょう。
1　と　　　　2　のに　　　　3　より　　　　4　ので

| 我累了，我們在這裡休息吧。

原因・理由を表す「ので」が入る。

表示原因、理由，用「ので」。

母と　デパート（　　　）買い物を　します。
1　で　　　　　　　2　に　　　　　　　3　を　　　　　　　　4　は
| 我和媽媽（在）百貨公司買東西。

動作をする場所は「で」で表す。例：
　・図書館で勉強します。
　・京都で写真を撮りました。
《他の選択肢》
　　2　デパートに（います）。(存在の場所)
　　　　デパートに（行きます）。(目的地)
　　3　（くつ）を（買います）。(動作の対象)

表示做動作的場所用「で」。例：
　・在圖書館讀書。
　・在京都拍照。
《其他選項》正確使用方法如下：
　　選項 2 在百貨公司。（表示存在的場所）
　　　　　去百貨公司。（表示目的地）
　　選項 3 買鞋子。（表示動作的對象）

A「この　本は　おもしろいですよ。」
B「そうですか。わたし（　　　）読みたいので、　かして　くださいませんか。」
1　は　　　　　　　2　に　　　　　　　3　も　　　　　　　4　を
A「這本書很有意思喔！」
B「這樣嗎？我（也）想看，可以借給我嗎？」

基本の文は「わたしはこの本が読みたいです」。Aが「おもしろいですよ」と言っているので、Aはこの本をもう読んだことがわかる。このときBは「わたしは」→「わたしも（この本が）読みたいので、」となる。
※「てくださいませんか」は「てくれませんか」の丁寧な言い方。

基本句是「わたしはこの本が読みたいです／我想讀這本書」。因為 A 說「おもしろいですよ／很有意思喔」，由此可知 A 讀過這本書了。這時，B 的回答「わたしは」應該改為「わたしも（この本が）読みたいので／我也想讀（這本書）」。
※「てくださいませんか／可以麻煩幫忙～嗎」是比「てくれませんか／可以幫忙～嗎」更禮貌的說法。

16

夜、わたしは 母（　　　） でんわを かけました。

1 は 　　　　　　2 に 　　　　　　3 の 　　　　　　4 が

| 晚上我打了電話（給）媽媽。

行為を向ける相手は「に」で表す。例：

・彼女にプレゼントをあげます。

・友達に本を貸します。

・弟に英語を教えます。

行為的對象用「に」。例：

・送禮物給女朋友。

・借朋友書。

・教弟弟英文。

17　

（本屋で）
山田「りょこうの　本は　どこに　ありますか。」
店員「_____ _____ ★ _____ あります。」

1　２ばんめに　　　2　上から　　　3　むこうの　　　4　本だなの

（在書店裡）
山田「請問旅遊類的書在哪裡呢？」
店員「在那邊的書架從上面往下數第二層。」

正しい語順：むこうの本だなの上から２ばんめにあります。

どこにあるか、と、場所を聞かれているので、「にあります」と答えます。したがって、「あります」の前には「２ばんめに」が入ります。「２ばんめ」というのは、順序を表す言葉ですから、どこから「２ばんめ」かという言葉が前に必要です。それが「上から」です。何の上からか、と、考えると、「むこうの本だなの上から」です。
そう考えていくと「３→４→２→１」の順で、問題の_★_には２の「上から」が入ります。

正確語順：在對面書架從上面往下數第二層。

由於詢問的是所在位置，所以回答「にあります／在〜」。因此「あります／在」之前應填入選項1「２ばんめに／在第〜格」。而選項2「ばんめ／第〜格」是表示順序的詞語，所以前面必須填入可以呈現出從哪裡開始數算的語句，也就是「上から／從上面往下數」。接下來考慮是從什麼東西的「上から」，於是找出是「むこうの本だなの上から／對面的書架從上面往下數」。所以正確的順序是「３→４→２→１」，而_★_的部分應填入選項2「上から」。

18　

学生「テストの　日には、_____ _____ _____ ★ か。」
先生「えんぴつと　けしゴムだけで　いいです。」

1　を　　　　　　　2　もって　　　3　何　　　　　　　4　きます

學生「請問考試那一天該帶什麼東西來呢？」
老師「帶鉛筆和橡皮擦就好了。」

正しい語順：テストの日には何をもってきますか。

テストの日に何をもってくるかを聞く言葉です。最後の「か」の前には「きます」

正確語順：請問考試那一天該帶什麼東西來呢？

本題是詢問考試當天應該帶什麼去應試。句尾的「か」前面應填入「きます／來」。「を」是接

が入ります。「を」は、名詞の後について目的を表しますので、「何を」となります。したがって、「3→1→2→4」の順で、問題の____★____には4の「きます」が入ります。

在名詞之後表示目的的助詞，因此是「何を」。所以正確的順序是「3→1→2→4」，而__★__的部分應填入選項4「きます」。

19 　　　　　　　　　　　　　　　Answer ❷

A「日曜日には　どこかへ　行きましたか。」
B「いいえ。＿＿＿＿　＿＿＿＿　＿★＿＿　＿＿＿＿でした。」
1　行きません　　　2　も　　　　　　3　どこ　　　　　　4　へ

A「星期天有沒有去了哪裡玩呢？」
B「沒有。哪裡都沒去。」

正しい語順：いいえ。どこへも行きませんでした。

「いいえ」と答えているので、最後の「でした」の前は「行きません」が入ります。「どこかへ～ましたか」と聞かれたとき、「いいえ」の場合は、「どこへも～ませんでした」と答えます。したがって、「3→4→2→1」の順で、問題の____★____には2の「も」が入ります。

正確語順：沒有。哪裡都沒去。

由於B的回答是「いいえ／沒有」，所以句尾的「でした」前面應填入「行きません／沒去」。當被詢問「どこかへ～ましたか／去了哪裡～嗎」的時候，回答「いいえ」並且接上「どこへも～ませんでした／哪裡都沒去～」的句型。所以正確的順序是「3→4→2→1」，而__★__的部分應填入選項2「も」。

20 　　　　　　　　　　　　　　　Answer ❶

A「スポーツでは　なにが　すきですか。」
B「野球も　＿★＿　＿＿＿＿　＿＿＿＿　＿＿＿＿よ。」
1　すきですし　　　2　も　　　　　　3　サッカー　　　　4　すきです

A「你喜歡哪種運動呢？」
B「我既喜歡棒球也喜歡足球喔。」

正しい語順：野球も好きですしサッカーも好きですよ。

「〇も～です△も～です」と二つ同じことを並べるときは、「〇も～ですし△も～です」というように、前の「～」に「し」

正確語順：我既喜歡棒球也喜歡足球喔。

當使用「〇も～です△も～です／既～〇也～△」的句型來列舉兩樣性質相同的事物時，請留意「〇も～ですし△も～です」的句型中，前一

149

を入れます。したがって、この問題では最初の「野球も」の次には「すきですし」が入ります。その後は「サッカーもすきですよ。」と続きます。「1→3→2→4」の順ですから、＿＿★＿＿には1の「すきですし」が入ります。

項的「〜」要用「し」。因此，本題第一個出現的「野球も」緊接著「すきですし／既喜歡」，而後半段接續的是「サッカーもすきですよ。／也喜歡足球喔」。所以正確的順序是「1→3→2→4」，而＿＿★＿＿的部分應填入選項1「すきですし」。

---

21 Answer **3**

つくえの　上に　＿＿＿＿　＿＿＿＿　＿＿＿＿　＿★＿　あります。

1　など	2　本や	3　が	4　ノート

桌上有書本和筆記本等等物品。

正しい語順：つくえの上に本やノートなどがあります。

まず、最後の「あります」の前は「〜が」の「が」が入ります。また、いろいろなものを並べて言うときは、「や〜など」と言います。そう考えていくと「2→4→1→3」の順になり、問題の＿＿★＿＿には3の「が」が入ります。

正確語順：桌上有書本和筆記本等等物品。

首先，句尾的「あります／有」前面應該填入「〜が」用法的「が」。另外，要列舉許多項目時，可用「や〜など／〜和〜等等」的句型。所以正確的順序是「2→4→1→3」，而＿＿★＿＿的部分應填入選項3「が」。

第 1 回　もんだい 3 翻譯與解題

日本で　べんきょうして　いる　学生が、「わたしの　町の　店」について　ぶんしょう
を　書いて、クラスの　みんなの　前で　読みました。

わたしが　日本に　来た　ころ、駅　**22**　アパートへ　行く　道には　小さ
な　店が　ならんで　いて、八百屋さんや　魚屋さんが　**23**　。

24　、2か月前　その　小さな　店が　ぜんぶ　なくなって、大きな　スー
パーマーケットに　なりました。

スーパーには、何　**25**　あって　べんりですが、八百屋や　魚屋の　おじさん
おばさんと　話が　できなく　なったので、**26**　なりました。

在日本留學的學生以〈我居住的街市上的店〉為題名寫了一篇文章，並且在班上同學的面前誦讀給大家聽。
我剛來到日本的時候，從車站走到公寓的這一段路上，沿途一家家小商店林立，有蔬果店也有魚鋪。
可是，在兩個月前那些小商店全部都消失了，換成了一家大型超級市場。
超級市場裡面什麼都有，非常方便，但是從此無法與蔬果店和魚鋪的老闆及老闆娘聊天，走這段路變得
很無聊了。

22
Answer **3**

1 へ	2 に	3 から	4 で

「{駅からアパートへ行く}　道には、…」
{　}は、どの道かを説明している（名詞
修飾）。「から」は起点を表す。

「{駅からアパートへ行く}　道には、…／{從
車站到公寓}的路徑是…」中，{　}的部分是
在說明該走哪條路（修飾名詞）。而「から／從」
則表示起點。

23
Answer **2**

1 あります	2 ありました	3 います	4 いました

「わたしが日本に来たころ」と言っている
ので、過去のこととわかる。過去形は 2
と 4。この文の「八百屋さん」や「魚屋さ
ん」は、人ではなくお店のことなので、「あ
りました」が○。
※「八百屋さん」や「魚屋さん」が人の場
合もあるので気をつけよう。例：
・あの背の高い魚屋さんは本当に親切だ。

由「わたしが日本に来たころ／我來到日本的那
時候」可以知道是過去的事。選項 2 跟選項 4 都
是過去式。另外，文中「八百屋さん／蔬果店」
和「魚屋さん／魚鋪」指的不是人物而是店家，
由此可知正確答案是「ありました」。
※ 請留意「八百屋さん」跟「魚屋さん」有時用來
指經營該店鋪的老闆或店員。例：
・那位身材高大的魚鋪老闆相當親切。

1 また	2 だから	3 では	4 しかし
1 又	2 所以	3 那麼	4 可是

24 に続く文を読むと、「その小さな店が全部なくなって、〜」とあり、24 の前には、小さな店が並んでいるとある。24 の前後で、反対のことが書いてあるので、逆接の意味の接続詞「しかし」を入れる

《他の選択肢》
1 また今度お願いします。
2 雨だよ。だから、もう帰ろうよ。
　「だから」の丁寧な形は「ですから」
3 授業を終わります。では、また明日。

在 24 後面的敘述是「その小さな店が全部なくなって、〜／那些小店全都消失了…」，而 24 前面則提到林立的小店，也就是 24 前後兩段描述相反的內容，所以應該填入表示逆接的連接詞「しかし／但是」。

《其他選項》正確使用方法如下：

選項 1 下次再麻煩您了。

選項 2 下雨了！所以，我們該回家了啦。

　　　比「だから」更禮貌的說法是「ですから」。

選項 3 課程到這裡結束。那麼，明天見。

---

1 も	2 さえ	3 でも	4 が

「何でも」で、「どんなもの（こと）でも、全部」という意味を表す。例：
・食べたい物は、何でも食べてください。
・彼は本をたくさん読むので、何でもよく知っている。

《他の選択肢》
1「何も」否定形に続いて、「全然〜ない」という意味を表す。例：
・今朝から何も食べていません。
・昨日のことは何も知りません。

「何（なん）でも」是指「任何東西（事物）全部都」的意思。例：
・想吃的東西，什麼都請盡量吃。
・他讀了很多書，所以無所不知。

《其他選項》

選項 1「何（なに）も」後面接否定形，表示「全然〜ない／完全沒有〜」的意思。例：
・從今天早上就什麼都沒吃。
・昨天的事我什麼都不知道。

1　つまらなく	2　近く_{ちか}	3　しずかに	4　にぎやかに
1　無聊	2　近	3　安靜	4　熱鬧

「便利_{べん り}ですが、（～ので）、つまらなくなりました」という文_{ぶん}。「便利_{べん り}ですが」の「が」は逆接_{ぎゃくせつ}。「便利_{べん り}」はいい意味_{い み}なので、26 には反対_{はんたい}のよくない意味_{い み}のことばが入_{はい}ると考_{かんが}えよう。

「～と話_{はなし}ができなくなったので」の「ので」は、原因_{げんいん}・理由_{り ゆう}を表_{あらわ}している。話_{はなし}ができなくなった結果_{けっ か}、26 になったということ。選択肢_{せんたくし}のことばの意味_{い み}から考_{かんが}えて、1 か 3。3 の「しずかに」は、「おじさんおばさんと話_{はなし}ができなくなった結果_{けっ か}、そうなったわけではないので、×。1 が○。

「べんりです」「つまらなくなりました」はどちらも、書_かいた人_{ひと}の考_{かんが}えや気持_{き も}ちを表_{あらわ}している。

※「（形容詞_{けいよう し}）く＋なります」は、人_{ひと}や物_{もの}の変化_{へん か}を表_{あらわ}す。例_{れい}：
・弟_{おとうと}は背_せが高_{たか}くなりました。
・スープが冷_{つめ}たくなりました。

※「形容動詞_{けいようどう し}に＋なります」「名詞_{めい し}に＋なります」も覚_{おぼ}えよう。例_{れい}：
・ピアノが上手_{じょう ず}になりました。（形容_{けいよう}動詞_{どう し}）
・今年_{ことし}、大学生_{だいがくせい}になりました。（名詞_{めい し}）

「便利ですが、（～ので）、つまらなくなりました／雖然方便，（因為～），但是變得缺乏趣味了」這句話中，「便利ですが」的「が」是逆接。由於「便利」含有正向語意，因此 26 應填入意思相反的詞彙。

「～と話ができなくなったので／由於沒辦法和～聊天」句中的「ので／由於」是表現原因、理由的用法。因為沒辦法聊天，所以導致了 26 的結果。從選項的語意判斷，符合的是選項 1 或選項 3。但是選項 3「しずかに／安靜」並不是造成無法和老闆及老闆娘聊天的結果，所以不對，因此正確答案是選項 1「つまらなく／缺乏趣味」。

「べんりです／方便」和「つまらなくなりました／變得缺乏趣味」這兩句話都是表達作者的想法和心情。

「（形容詞）く＋なります／變得」表示人或事物的變化。例：
・弟弟長高了。
・湯變涼了。

也一起記住「形容動詞に＋なります」「名詞に＋なります」的用法吧。例：
・鋼琴變得很拿手了。（形容動詞）
・今年開始就是大學生了。（名詞）

もんだい1　（　　　）に　何を　入れますか。1・2・3・4から　いちばん
　　　　　　いい　ものを　一つ　えらんで　ください。

1　朝は、トマト（　　　）　ジュースを　つくって　のみます。
　1　で　　　　　　　2　に　　　　　3　から　　　　4　や

2　A「あなたは　（　　　）　だれと　会いますか。」
　　B「小学校の　ときの　先生です。」
　1　きのう　　　　　2　おととい　　3　さっき　　　4　あした

3　A「この　かさは　だれ（　　　）　かりたのですか。」
　　B「すずきさんです。」
　1　から　　　　　　2　まで　　　　3　さえ　　　　4　にも

4　わたしは　1年まえ　にほんに　（　　　）。
　1　行きます　　　　　　　　　　2　行きたいです
　3　来ました　　　　　　　　　　4　来ます

5　レストランへ　食事（　　　）　行きます。
　1　や　　　　　　　2　で　　　　　3　を　　　　　4　に

6　やおやで　くだもの（　　　）　やさいを　かいました。
　1　も　　　　　　　2　や　　　　　3　を　　　　　4　など

7　わたしは　いぬ（　　　）　ねこも　すきです。
　1　も　　　　　　　2　を　　　　　3　が　　　　　4　の

8　あの　こうえんは　（　　　）　ひろいです。
　1　しずかでは　　2　しずかだ　　3　しずかに　　4　しずかで

9 すみませんが、この　てがみを　あなたの　おねえさん（　　　）
わたして　ください。

1　が　　　　　　2　を　　　　　3　に　　　　　4　で

10 あしたの　パーティーには、お友_{とも}だち（　　　）　いっしょに　来_きて
くださいね。

1　は　　　　　　2　も　　　　　3　を　　　　　4　に

11 東_{ひがし}（　　　）　あるいて　いくと、えきに　つきます。

1　へ　　　　　　2　から　　　　3　を　　　　　4　や

12 A「とても　（　　　）　夜_{よる}ですね。」
B「そうですね。庭_{にわ}で　虫_{むし}が　ないて　います。」

1　しずかなら　　　2　しずかに　　3　しずかだ　　4　しずかな

13 A「あなたは　どこの　くにに　行_いきたいですか。」
B「スイス（　　　）オーストリアに　行_いきたいです。」

1　に　　　　　　2　か　　　　　3　へ　　　　　4　も

14 すずしく　なると、うみ（　　　）　およげません。

1　へ　　　　　　2　で　　　　　3　から　　　　4　に

15 A「10時_じまでに　東京_{とうきょう}に　つきますか。」
B「ひこうきが　おくれて　いるので、（　　　）10時_じまでには　つ
かないでしょう。」

1　どうして　　　　2　たぶん　　3　もし　　　　4　かならず

16 A「あなたの　くにでは、雪_{ゆき}が　ふりますか。」
B「（　　　）　ふりません。」

1　あまり　　　　　2　ときどき　　3　よく　　　　4　はい

もんだい2 _★_に 入る ものは どれですか。1・2・3・4から いち ばん いい ものを 一つ えらんで ください。

17 (パン屋で)

女の人「_____ _★_ _____ _____ ありますか。」

店の人「ありますよ。」

1 パン　　　　　2 おいしい　3 は　　　　　4 やわらかくて

18 A「春と 秋では どちらが すきですか。」

B「春 _____ _____ _★_ _____ すきです。」

1 秋の　　　　　2 より　　　　3 ほう　　　4 が

19 (くだもの屋で)

女の人「めずらしい くだものは ありますか。」

店の人「これは _____ _★_ _____ _____ くだものです。」

1 に　　　　　2 ない　　　　3 は　　　　4 日本

20 A「うちの _____ _____ _★_ _____よ。」

B「あら、うちの ねこも そうですよ。」

1 ねて　　　　　2 一日中　　　3 います　　4 ねこは

21 A「この とけいの じかんは ただしいですか。」

B「いいえ、_____ _★_ _____ _____。」

1 います　　　　2 ぐらい　　　3 おくれて　4 3分

もんだい3　22　から　26　に　何を　入れますか。ぶんしょうの　いみを　かんがえて、1・2・3・4から　いちばん　いい　ものを　一つ　えらんで　ください。

日本で　べんきょうして　いる　学生が、「しょうらいの　わたし」について　ぶんしょうを　書いて、クラスの　みんなの　前で　読みました。

(1)

わたしは、日本の　会社　22　つとめて、ようふくの　デザインを　べんきょうする　つもりです。デザインが　じょうずに　なったら、国へ　帰って　よい　デザインで　23　服を　24　です。

(2)

ぼくは、5年間ぐらい、日本の　会社で　コンピューターの　仕事を　します。　25　国に　帰って、国の　会社で　はたらきます。ぼく　26　国に　帰るのを、両親も　きょうだいたちも　まって　います。

22
1 に　　　　　2 から　　　　3 を　　　　4 と

23
1 おいしい　　2 安い　　　　3 さむい　　　4 広い

24
1 作りましょう　2 作る　　　3 作ります　4 作りたい

25
1 もう　　　　　2 しかし　　　3 それから　4 まだ

26
1 は　　　　　　2 が　　　　　3 と　　　　4 に

1

Answer **1**

朝は、トマト（　　　）ジュースを　つくって　のみます。

1　で　　　　　　2　に　　　　　　3　から　　　　　4　や

| 早上（用）蕃茄做了果汁喝下。

材料は「で」で表す。例：

・肉と野菜でスープを作ります。

・きれいな紙で封筒を作りました。

表示材料的助詞用「で／用」。例：

・用肉跟蔬菜煮湯。

・用漂亮的紙張製作了信封。

2

Answer **4**

A「あなたは　（　　　）だれと　会いますか。」
B「小学校の　ときの　先生です。」

1　きのう　　　　　2　おととい　　　3　さっき　　　4　あした

| A「你（明天）要去和誰見面呢？」
| B「小學時代的老師。」

文末の「ますか」は非過去（現在・未来）を表す。選択肢の中で、非過去を表すのは4。

《他の選択肢》

　　1「昨日」は1日前

　　2「一昨日」は2日前

　　3「さっき」は少し前の時間をいう。

句尾的「ますか／…嗎」表示現在或未來時態，而非過去時態。只有選項4不是過去式。

《其他選項》

　　選項1「昨日」是昨天的意思。

　　選項2「一昨日」是前天的意思。

　　選項3「さっき」是不久前、剛剛的意思。

3

Answer **1**

A「この　かさは　だれ（　　　）かりたのですか。」
B「すずきさんです。」

1　から　　　　　　2　まで　　　　　3　さえ　　　　　4　にも

| A「這把傘是（向）誰借的呢？」
| B「向鈴木先生借的。」

行為を受けるとき、相手は「から／に」で表す。例：

・彼女から手紙をもらいました。

・先生に辞書を借りました。

・母に料理を習いました。

従對方接受行為動作時，用「から／に」（從／從）表示。例：

・從女友那裡收到了信。

・從老師那裡借了字典。

・向媽媽學做菜。

4
Answer **3**

わたしは　1年まえ　にほんに（　　　）。

1　行きます　　　　　　　　2　行きたいです

3　来ました　　　　　　　　4　来ます

| 我一年前（來到了）日本。

「1年前」と言っている。選択肢の中で、過去形は3。

由「1年前」可以知道是過去時態。只有選項3是過去式。

5
Answer **4**

レストランへ　食事（　　　）　行きます。

1　や　　　　　2　で　　　　　3　を　　　　　4　に

| 前往餐廳吃飯。

「（場所）へ（動詞ます形／名詞）に行きます／来ます」で、移動の目的を表す。助詞「へ」は行く場所を、助詞「に」は移動の目的示す。

（動詞ます形）に行きます。例：

・友達の家へ遊びに行きます。

・図書館へ本を借りに行きます。

（名詞）に行きます。例：

・北海道へスキーに行きます。

・イタリアへ音楽の勉強に行きます。

以「（場所）へ（動詞ます形／名詞）に行きます／来ます　／　去或來（某地）（動詞ます形／名詞）」句型表現移動的目的。助詞「へ」表示前往某地，而助詞「に」則表示前往的目的。

（動詞ます形）に行きます。例：

・去朋友家玩。

・去圖書館借書。

（名詞）に行きます。例：

・去北海道滑雪。

・去義大利學習音樂。

やおやで　くだもの（　　　）　やさいを　かいました。

1　も　　　　　　　　2　や　　　　　　　　3　を　　　　　　　　4　など

| 在蔬果店買了水果（和）蔬菜。

名詞を並列に並べるとき、助詞「や」を使う。「と」は全部を並べるときに使うが、「や」は代表的なものを選んで並べるときに使う。例：

・動物園には、ゾウやライオンやトラがいます。（他にもいる）

・うちには、犬と猫と豚がいます。（いるのはこの3匹）

「や（や〜や）」の最後に「など」をつけると、他にもあることを強く表すことができる。例：

・日本料理には、寿司や天ぷらやすき焼きなどがあります。

並排列舉兩個以上的名詞時，助詞用「や／和」。「と／和」用於列舉所有的項目，「や」則是挑出其中幾個代表項目列舉。例：

・動物園裡有大象、獅子、老虎。（也還有其他動物）

・我家有養狗、貓和豬。（只有養這三種）

在句型「や（や〜や）／和〜（和〜和〜）」後面加上「など／等等」，可以強調除了前述項目以外，還有其他項目。例：

・日本了料理有壽司、天婦羅、壽喜燒等等。

わたしは　いぬ（　　　）　ねこも　すきです。

1　も　　　　　　　　2　を　　　　　　　　3　が　　　　　　　　4　の

| 我（既）喜歡狗也喜歡貓。

同類のもの（名詞）を並べるとき、助詞「も」を使う。問題文は、わたしは犬も猫もどちらも同じように好きだと言っている。例：

・李さんも趙さんも留学生です。（二人は同じ留学生）

・本もノートも鉛筆も忘れました。（どれも同じ、忘れた物）

並排列舉同類事物（名詞）時，助詞用「も／也」。本題的意思是，我既喜歡狗也喜歡貓，兩種都同樣喜歡。例：

・李同學跟趙同學都是留學生。（兩個人一樣都是留學生）

・書和筆記本和鉛筆都忘了帶。（每一樣都忘記帶了）

8

あの　こうえんは　（　　　）　ひろいです。

1　しずかでは　　　　　　2　しずかだ　　　3　しずかに　　　　4　しずかで

| 這座公園（既安靜）又遼闊。

「あの公園は静かです。そして、広いです」という意味。形容動詞文をつなぐときは、「（形容動詞）です」を「（形容動詞）で」に変える。例：

・先生は親切で、おもしろいです。

・パーティーはにぎやかで、楽しいです。

※ 名詞文も「（名詞）です」を「（名詞）で」に変える。例：

・ハンさんは韓国人で、学生です。

本題的意思是「那座公園很安靜，而且寬廣」。當連接形容動詞句時，「（形容動詞）です」應改為「（形容動詞）で」。例：

・老師既親切又幽默。

・派對既熱鬧又開心。

※ 當連接名詞句時，同樣「（名詞）です」要改為「（名詞）で」。例：

・韓先生既是韓國人，也是位學生。

9

すみませんが、この　てがみを　あなたの　おねえさん（　　　）　わたして　ください。

1　が　　　　　　　　2　を　　　　　　　3　に　　　　　　　4　で

| 「不好意思，麻煩將這封信轉交（給）你姊姊。」

「あなたのお姉さんにこの手紙を渡してください」という文。行為を向ける相手は「に」で表す。例：

・母に花をあげます。

・友達に辞書を貸します。

・父に手紙を送ります。

在「あなたのお姉さんにこの手紙を渡してください／請把這封信交給你姊姊」的句子裡，做行為的對象用「に」表示。例：

・送花給母親。

・借辭典給朋友。

・寄信給父親。

10

あしたの　パーティーには、お友だち（　　　）　いっしょに　来て　くださいね。

1　は　　　　　　　2　も　　　　　　　3　を　　　　　　　4　に

| 明天的派對請把朋友（都）一起帶來喔。

「お友だち（　）一緒に」とある。これは「（パーティーに）あなたは来てください。お友だちも来てください。という意味。「あなたもお友だちも」と言っている。例：

・私は学生です。Aさんも学生です。
　→私もAさんも学生です。
・私は旅行に行きます。Aさんも旅行に行きます。
　→私もAさんも旅行に行きます。
≒Aさんも一緒に旅行に行きます。

《他の選択肢》

1　お友だちは「来ますか」なら○。
3　お友だちを「呼んでください」なら○。

※選択肢に「と」はないが、「お友だちと一緒に」という言い方もある。「お友だちも一緒に」は、「お友だち」を後から加えている。「あなたに来てほしいです、お友だちも来ていいですよ」という気持ち。「お友だちと一緒に」は、「あなた」と「お友だち」は同じくらい大切で、「一緒に来てほしい」という気持ち。

「お友だち（　）一緒に／（　）朋友一起」這句話的意思是「（パーティーに）あなたは来てください。お友だちも来てください。／請你來參加（宴會），也請你朋友一起來參加」。也就是說，「あなたもお友だちも／你也來，朋友也一起來」。例：

・我是學生，A也是學生。
　→我和A都是學生。
・我要去旅行，A也要去旅行。
　→我跟A都要去旅行。
　≒A也要一起去旅行。

《其他選項》

選項1如果改成「お友だちは（来ますか）／你朋友要（來嗎）」就是正確答案。
選項3如果改成「お友だちを（呼んでください）／（請你找）朋友）來」就是正確答案。

※雖然選項中沒有「と／和」，但「お友だちと一緒に／與朋友一起」的用法也是正確的。「お友だちも一緒に／也請你朋友一起來」這個句型，要將「お友だち／朋友」加在後面，表示說話者的心情是「あなたに来てほしいです、お友だちも来ていいですよ／希望你能來，要帶朋友一起來也可以喔」。「お友だちと一緒に」隱含的意思則是「あなた／你」和「お友だち／朋友」一樣重要，「一緒に来てほしい／希望能一起來」。

11

東（　　　）　あるいて　いくと、えきに　つきます。

1　へ　　　　　　　2　から　　　　　　3　を　　　　　　　4　や

| （往）東走就會到車站。

方向を表す助詞「へ」。例：

・２つ目の角を左へ曲がります。

・木村さんはあちらへ行きました。

問題文は、ここから東の方向へ歩いていくと駅につくということ。

《他の選択肢》２「から」は起点、出発点を表す。

表示方向的助詞用「へ／往」。例：

・請在第二個轉角向左轉。

・木村先生往那邊去了。

本題的意思是，從這裡往東走就會到車站。

《其他選項》選項２「から／從」是表示起點或出發點。

12　Answer **4**

A「とても　（　　　）　夜ですね。」
B「そうですね。庭で　虫が　ないて　います。」

1　しずかなら　　　2　しずかに　　　3　しずかだ　　　4　しずかな

A「夜色真是（靜謐）哪。」
B「是呀，蟲兒在院子裡叫著。」

形容動詞は「〜な」の形で名詞に続く。「夜」は名詞。例：

・きれいな花ですね。

・大切な話をします。

※動詞に続く時は「〜に」の形。例：

・簡単に説明してください。

・この町は有名になりました。

形容動詞接續名詞時，需改為「〜な」的形式。「夜／晚上」是名詞。例：

・真是美麗的花呀！

・有重要的事要講。

※形容動詞接續動詞時，需改為「〜に」的形式。例：

・請簡單地說明。

・這個城鎮變得很有名了。

13　Answer **2**

A「あなたは　どこの　くにに　行きたいですか。」
B「スイス（　　　）オーストリアに　行きたいです。」

1　に　　　　　　2　か　　　　　　3　へ　　　　　4　も

A「你想去哪個國家呢？」
B「我想去瑞士（或是）奧地利。」

名詞を並べるときの言い方。AとBのどちらかひとつ、と言いたいとき、「AかB」という。例：

・お父さんかお母さんはいますか。

・木曜か金曜にまた来ます。

名詞並排列舉時的用法。想表達A或B的其中之一時，用「AかB／A或B」的句型。例：

・爸爸或媽媽在嗎？

・星期四或星期五來。

※「と」是將所有項目全部列舉出來，「や」則是只列舉出具有代表性的幾項。

《他の選択肢》

1「スイスに行きたいです」なら○。

3「スイスへ行きたいです」なら○。

4「スイスもオーストリアも行きたいです」なら○。

《其他選項》

選項1 若是「スイスに行きたいです／想去瑞士」，則可以用「に」。

選項3 若是「スイスへ行きたいです／想去瑞士」，則可用「へ」。

選項4 若是「スイスもオーストリアも行きたいです／既想去瑞士也想去澳洲」，則可用「も〜も〜／既〜也〜」的句型。

14　　　　　　　　　　　　　　　　　　　　　Answer **②**

すずしく　なると、うみ（　　　）およげません。

1　へ　　　　　　2　で　　　　　　3　から　　　　　　4　に

天氣一轉涼，就不能（在）海裡游泳了。

「私は海（　）泳ぎます」という文。動作をする場所は「で」で表す。例：

・スーパーで買い物をします。

・公園でテニスをしました。

※「泳げます」は「泳ぎます」の可能形。「泳ぐことができます」と同じ。

※「（形容詞）くなります」は、人や物の変化を表す。例：

・リンゴが赤くなりました。

・手紙をもらって、嬉しくなりました。

※「〜と、」は条件を表す。例：

・まっすぐ行くと、学校があります。

・春になると桜が咲きます。

本題是「私は海（　）泳ぎます／我（　）海裡游泳」，表示動作的場所用「で」。例：

・在超市買東西。

・在公園打網球。

※「泳げます／會游泳」是「泳ぎます／游泳」的可能形，與「泳ぐことができます／能夠游泳」意思相同。

※「（形容詞）くなります／變（形容詞）」是表示人或物的變化。例：

・蘋果變紅了。

・收到信變得很開心。

※「〜と、／只要〜・〜的話」用於表示條件。例：

・直走的話，就可以看到學校。

・每逢春天，櫻花盛開。

15

A「10時までに　東京に　つきますか。」
B「ひこうきが　おくれて　いるので、（　　　）10時までには　つかないでしょう。」
1　どうして　　　　　2　たぶん　　　　　3　もし　　　　　4　かならず

A「十點以前會抵達東京嗎？」
B「因為班機延遲，所以（大概）沒辦法在十點以前到吧。」

「多分」は推量を表す。「多分～でしょう」と使うことが多い。
《他の選択肢》
1「どうして」は「どうして～か」の形で、理由を聞く疑問詞。例：
　・A：どうして遅れたんですか。
　　B：バスが来なかったんです。
3「もし～ならば」
4「必ず～してください」

「多分／可能、大概」是表示推測。通常以「多分～でしょう／可能、大概～吧」的形式呈現。
《其他選項》
選項1「どうして／為什麼」是「どうして～か／為什麼～呢」的句型中用來詢問理由的疑問詞。例：
　・A「為什麼遲到了呢？」
　　B「因為公車沒來。」
選項3「もし～ならば／如果～的話」。
選項4「必ず～してください／請務必～」。

16

A「あなたの　くにでは、雪が　ふりますか。」
B「（　　　）ふりません。」
1　あまり　　　　　2　ときどき　　　　　3　よく　　　　　4　はい

A「你的國家會下雪嗎？」
B「（不太）下雪。」

Bの答えが「ふりません」と否定形になっている。選択肢の中で、否定形につくことができるのは、1あまり。「あまり～ません」で、程度が少ないことを表す。
《他の選択肢》
　2「ときどき」3「よく」は肯定形につく。
　　程度の大きさはよく＞ときどき（～ます）＞あまり＞全然（～ません）となる。
　4「はい」は、肯定形の答え方。「いいえ」なら○。

B的回答「ふりません／沒下（雨）」是否定形，在選項中可以接否定形的是選項1「あまり／太」。「あまり～ません／不太～」是表示程度較少。
《其他選項》
選項2「ときどき／偶爾」以及選項3「よく／經常」後面需接肯定形。
　　程度由大到小依序是よく＞ときどき（～ます）＞あまり＞全然（～ません）。{經常＞偶爾＞不太＞完全（不）}
選項4「はい／是」是肯定形的答法。如果回答是「いいえ／不是」則正確。

17

Answer ❷

（パン屋で）
女の人「＿＿＿＿　＿★＿　＿＿＿＿　＿＿＿＿　ありますか。」
店の人「ありますよ。」

1　パン　　　　　　　　2　おいしい　　　　3　は　　　　　　　　4　やわらかくて

（在麵包店裡）
女士「請問有香軟又好吃的麵包嗎？」
店員「有喔。」

正しい語順：やわらかくておいしいパンはありますか。

形容詞を二つ並べるときは、「～くて～」の形になりますので、この問題では、「やわらかくておいしい」となります。「ありますか」の前には、「パンは」が入ります。そう考えていくと「4→2→1→3」の順で、＿★＿には2の「おいしい」が入ります。

正確語順：請問有香軟又好吃的麵包嗎？

當並排列舉兩個形容詞時，可用「～くて～／～又～」的句型，因此本題應該是「やわらかくておいしい／香軟又好吃」。「ありますか／有…嗎」的前面應該填入「パンは／麵包」。所以正確的順序是「4→2→1→3」，而＿★＿的部分應填入選項2「おいしい」。

18

Answer ❸

A「春と　秋では　どちらが　すきですか。」
B「春　＿＿＿＿　＿＿＿＿　＿★＿　＿＿＿＿　すきです。」

1　秋の　　　　　　　2　より　　　　　　3　ほう　　　　　　4　が

A「春天和秋天，你比較喜歡哪個呢？」
B「比起春天，我更喜歡秋天。」

正しい語順：春より秋のほうが好きです。

「～と…ではどちらが～ですか」と聞かれたら、「～より…のほうが～です」という形で答えます。ですから、最後の「すきです」の前には、「が」が入ります。「春」の後には「より」が入り、その後「秋のほうが」と続きます。こう考えると、「2→1→3→4」の順になり、問題の＿★＿には、3の「ほう」が入ります。

正確語順：比起春天我更喜歡秋天。

當被詢問「～と…ではどちらが～ですか／～和～之間比較…哪一個呢」時，可以用「～より…のほうが～です／比起～更…～」的句型來回答。因此在句尾的「すきです／喜歡」的前面應填入「が」。而「春」的後面應填入「より／比起」，再接上「秋のほうが／更（喜歡）秋天」。所以正確的順序是「2→1→3→4」，而＿★＿的部分應填入選項3「ほう」。

19　　　　　　　　　　　　　　　　　　　　　　　　　Answer **1**

（くだもの屋で）
女の人「めずらしい　くだものは　ありますか。」
店の人「これは　＿＿＿＿　＿★＿＿　＿＿＿＿　＿＿＿＿　くだものです。」

| 1　に | 2　ない | 3　は | 4　日本 |

（在水果店裡）
女士「請問有沒有很少見的水果呢？」
店員「這是日本沒有的水果。」

正しい語順：これは日本にはない果物です。

「めずらしい」というのは、「なかなか見られない。めったにない」という意味です。「ない」は、名詞「くだもの」の前に入ります。どこにないくだものかというと、「日本には」ないくだものです。このように考えると「4→1→3→2」の順で、問題の＿★＿には、1の「に」が入ります。

正確語順：這是日本沒有的水果。

「めずらしい／稀奇」的意思是「なかなか見られない、めったにない／難得一見、幾乎沒有」。「ない／沒有」應放在名詞「くだもの／水果」之前。至於是什麼地方難得一見的水果，則填入地方名詞是「日本には／日本」沒有的水果。所以正確的順序是「4→1→3→2」，而＿★＿的部分應填入選項1「に」。

20　　　　　　　　　　　　　　　　　　　　　　　　　Answer **1**

A「うちの　＿＿＿＿　＿＿＿＿　＿★＿＿　＿＿＿＿よ。」
B「あら、うちの　ねこも　そうですよ。」

| 1　ねて | 2　一日中 | 3　います | 4　ねこは |

A「我家的貓一天到晚都在睡覺耶！」
B「那麼巧！我家的貓也是一樣耶！」

正しい語順：うちのねこは一日中ねていますよ。

まず、「うちの」の後には「ねこは」が入り、最後の「よ」の前には「います」が入ります。「一日中」は、一日ずっと何かをするときに「一日中～している」という言い方をします。このように考えると「4→2→1→3」の順で問題の＿★＿には1の「ねて」が入ります。

正確語順：我家的貓一天到晚都在睡覺耶。

首先，「うちの／我家的」之後應填入「ねこは／貓」，句尾的「よ／耶」前應填入「います／都」。「一日中／一整天」是表達一整天一直在做某件事，用「一日中～している／一整天都～」的說法。如此一來本題的順序就是「4→2→1→3」，＿★＿的部分應填入選項1「ねて」。

A「この　とけいの　じかんは　ただしいですか。」

B「いいえ、＿＿＿＿　＿★＿＿　＿＿＿＿　＿＿＿＿。」

1　います　　　　　　2　ぐらい　　　　　3　おくれて　　　　4　3分

A「請問這個時鐘顯示的時間是正確的嗎？」

B「不是的，<u>大概慢了三分鐘</u>。」

正しい語順：いいえ、3分ぐらい遅れています。

ただしくないということは、すすんでいるか、おくれているのです。ここでは、最後に「おくれています」が入ります。「ぐらい」は「だいたい」という意味で、数を表す言葉の後につきますので、ここでは、「3分ぐらい」となります。こう考えると、「4→2→3→1」の順で、問題の＿★＿には2の「ぐらい」が入ります。

正確語順：不是的，大概慢了3分鐘。

既然B的回答是不正確，表示時鐘不是太快，就是太慢了。因此句尾應填入「おくれています／慢了」。「ぐらい／大約」的意思是「だいたい／差不多」，是接在表示數量的詞彙之後，連接起來就是「3分ぐらい／大約3分鐘」。所以正確的順序是「4→2→3→1」，而＿★＿的部分應填入選項2「ぐらい」。

第2回　もんだい3 翻譯與解題

　日本で　べんきょうして　いる　学生が、「しょうらいの　わたし」に　ついて　ぶんしょうを　書いて、クラスの　みんなの　前で　読みました。

(1)

　　わたしは、日本の　会社 **22** 　つとめて、ようふくの　デザインを　べんきょうする　つもりです。デザインが　じょうずに　なったら、国へ　帰って　よい　デザインで **23** 　服を **24** です。

(2)

　　ぼくは、5年間ぐらい、日本の　会社で　コンピューターの　仕事を　します。 **25** 　国に　帰って、国の　会社で　はたらきます。ぼく **26** 　国に　帰るのを、両親も　きょうだいたちも　まって　います。

　在日本留學的學生以〈未來的我〉為題名寫了一篇文章，並且在班上同學的面前誦讀給大家聽。
（1）
　我想在日本的公司上班，學習服裝設計。等我學會了服裝設計之後就會回國，希望製作出物美價廉的服裝。
（2）
　我想在日本公司從事電腦工作大約五年，然後回國在國內的公司工作。因為我父母和兄弟姊妹們都在等著我回國。

22　　　　　　　　　　　　　　　　　　　　　　　　　　　　　　　Answer **①**

1　に	2　から	3　を	4　と

「勤める」は助詞「に」につく。例：
・父は銀行に勤めています。
※「働く」は「で」につく。例：
・母はホテルで働いています。

「勤める／工作」的助詞用「に」。例：
・父親在銀行工作。
※「働く／工作」的助詞用「で」。例：
・母親在飯店工作。

23　　　　　　　　　　　　　　　　　　　　　　　　　　　　　　　Answer **②**

1　おいしい	2　安い	3　さむい	4　広い
1　好吃的	2　價廉的	3　寒冷的	4　寬廣的

「服」を説明することばを選ぶ。1「おいしい」は食べ物。3「寒い服」とは言わ

要選則說明「服／衣服」的選項。選項1「おいしい／好吃」是形容食物。選項3「寒い服」沒

169

ない。「すずしい服」などと言うことはある。4「広い服」とは言わない。服のサイズについては「大きい、小さい」と言う。

有這樣的說法，但有「すずしい服／涼快的衣服」的說法。選項4「広い服」也沒有這樣的說法。形容衣服尺寸的說法有「大きい、小さい／大、小」。

24

1 作りましょう	2 作る	3 作ります	4 作りたい

後に「です」が付くのは「（動詞ます形）たい」の形。例：
・私はすしが食べたいです。
・冬休みは旅行に行きたいです。

選項中後接「です」的選項只有「（動詞ます形）たい／想」。例：
・我想吃壽司。
・寒假想去旅行。

25

1 もう	2 しかし	3 それから	4 まだ
1 已經	2 可是	3 然後	4 尚未

前の文は「日本の会社で仕事をします。」、後の文は「国の会社で働きます。」と言っている。前の文と後の文の時間の順番を表す「それから」を入れる。「それから」は文と文をつなぐ接続詞。「そのあと」と同じ意味。例：
・野菜を切ります。それから肉を焼きます。
・家に帰ってご飯を食べました。それからテレビを見ました。

前句是「日本の会社で仕事をします／在日本的公司上班」，後句則是「国の会社で働きます／在國內的公司工作」，要表示前後文時間順序時用「それから／接著」。「それから」是接續句子以及句子的接續詞。跟「そのあと／然後」有一樣的意思。例：
・先切蔬菜接著再烤肉。
・回家吃了飯，接著看了電視。

1 は	2 が	3 と	4 に

基本の文は「（人）は｛～｝を待っています」。

この文は、文の中にもう一つ文がある形。「ぼくは国に帰ります」という意味の文が、「（両親や兄弟たち）は｛～｝を待っています」という文の目的語｛～｝になっている。

→「（両親）は、｛ぼくは国に帰ります｝を待っています」

→「（両親）は、｛ぼくが国に帰るの｝を待っています」となっている。

「帰ります」→「帰るの」（普通形＋の）で、動詞→名詞に変わっている。

「ぼくは」→「ぼくが」文の中の文では、「は」→「が」と変わる。例：

・わたしは、田中さんが来るのを待っています。

・あなたは、先生が結婚しているのを知っていますか。

句型是「（人）は｛～｝を待っています／（人）等待｛～｝」。

這個句子是句子中還有一個句子的形式。「ぼくは国に帰ります／我回國」這句變成「（両親や兄弟たち）は｛～｝を待っています／（雙親或兄弟們）等待著｛～｝」中｛～｝的目的語。

句型變化如下。

→「（雙親），等著｛我回國｝」

→「（雙親），等著｛我回國｝」

「帰ります／歸來」→「帰るの」（普通形＋の）是從動詞變成名詞的形式。

句中的句子「ぼくは／我」則變成「ぼくが」。「は」要變成「が」。例：

・我正等著田中先生的到來。

・你知道老師已經結婚一事嗎？

Index 索引

つ

て

と

な

に

の

は

Memo

合格班日檢文法N5

攻略問題集＆逐步解說（18K＋MP3）

【日檢合格班 3】

- 發行人／**林德勝**

- 著者／**吉松由美、西村惠子、大山和佳子、山田社日檢題庫小組**

- 設計主編／**吳欣樺**

- 出版發行／**山田社文化事業有限公司**
  地址　臺北市大安區安和路一段112巷17號7樓
  電話　02-2755-7622　02-2755-7628
  傳真　02-2700-1887

- 郵政劃撥／**19867160號　大原文化事業有限公司**

- 總經銷／**聯合發行股份有限公司**
  地址　新北市新店區寶橋路235巷6弄6號2樓
  電話　02-2917-8022
  傳真　02-2915-6275

- 印刷／**上鎰數位科技印刷有限公司**

- 法律顧問／**林長振法律事務所　林長振律師**

- 定價／**新台幣310元**

- 初版／**2017年 10 月**

© ISBN : 978-986-246-478-6
2017, Shan Tian She Culture Co. , Ltd.